KB199355

거위의 꿈,
폴포츠

글쓴이 **박현성**

경남 하동에서 태어나 경북대학교 사범대학을 졸업했습니다. 현재 대구 대곡 고등학교에서 학생들을 가르치며 사람 냄새 나는 글을 쓰고 있습니다. 2004년 동화책『간판이 많은 우리 동네』로 복잡한 사회 속에 던져진 아이들을 따뜻한 시선으로 돌아보기도 했습니다.

그린이 **이지훈**

서울에서 태어나 중부대학교 산업디자인 학과를 졸업했으며, 캐릭터 및 일러스트 작업을 활발히 하고 있습니다. 2006년 '서울 캐릭터 페어', '일본 도쿄 기프트 쇼'에 참가하였으며 작품으로는『도리언 그레이의 초상』이 있습니다.

거위의 꿈,
폴 포츠

박현성 글 | 이지훈 그림

리잼

차례

머리말

　세상에는 위대한 사람들이 많습니다. 인류가 살아가는 데 크게 공헌한 사람도 있고, 세상 사람들을 깜짝 놀라게 할 정도로 어떤 분야에서 최고인 사람도 있습니다. 위대한 사람들은 대부분 남이 가지 않은 길을 갔기에 우리는 그들을 존경합니다.

　폴 포츠는 그런 위대한 인물에 속하지 않을지도 모릅니다. 폴 포츠가 세상 사람들에게 보여준 것은 세상을 크게 이롭게 한 일이 아니니까요. 생각해 보면 폴 포츠는 오직 자기 일에만 매달렸습니다. 뚱뚱하고 키가 작아서 놀림을 받으면서도 폴 포츠는 자신이 가장 잘할 수 있는 노래에만 매달렸습니다. 폴 포츠는 온갖 사고로 마음껏 노래를 부를 수도 없었습니다.

　하지만 폴 포츠는 위대했습니다. 전기를 발명하고 수십만 대군을 물리친 장군은 아니었지만, 그는 분명히 위대했습니다. 가난을 이겨냈고, 그를 힘들게 했던 수많은 콤플렉스를 모두 이겨냈습니

다. 그리고 노래로 많은 사람에게 감동을 줬습니다. 비록 지금은 힘들지만, 미래는 아무도 모른다는 것을. 비록 어릴지라도 빛나는 미래를 위해 노력한다면 누구나 할 수 있다는 것을 폴 포츠는 말해줬습니다. 그 어떤 위대한 영웅보다도 더 명확하게 우리에게 들려줬던 것입니다.

혹시 여러분이 지금 힘든 일을 겪고 있다면, 이 책을 통해 자신에게 닥친 일들이 혼자만의 것이 아니라는 걸 알아줬으면 합니다. 그리고 자신이 이 지구상에서 제일 잘할 수 있는 것이 무엇인가 곰곰이 생각하는 시간이 되었으면 합니다.

폴 포츠의 말대로 여러분 앞에 놓인 모든 일은 언제나 마지막 기회일지 모르기에 최선을 다해야 합니다. 이 책을 읽는 모든 사람이 행복했으면 합니다.

2009년 6월 대구에서 박현성

 나오는 사람들

폴 포츠

못생기고 뚱뚱하고 키 작은 세계 최고의 성악가.

롤랜드와 이반

폴 포츠의 아빠와 엄마.

마르샤

폴 포츠의 단짝 친구.

줄리앤

폴 포츠의 친구이자 장차 폴 포츠의 아내.

넌 왜 교복을 입고 왔니?

나는 쓸모없는 사람이며
아무것도 이뤄낼 수 없을 것이라고 생각했다.
울면서 잠들 때가 많았다.

1970년 10월 13일, 폴은 영국 남서부 해안 지역인 브리스톨의 피쉬폰드에서 아버지 롤랜드와 어머니 이반 사이에서 3남 1녀 중 둘째 아들로 태어났다. 폴의 아버지는 버스 운전사였고, 어머니는 할인점에서 일했다.

가난했던 부모님은 폴과 놀아 줄 시간이 없었다. 밤늦게 집으로 돌아온 폴의 부모님들은 소파에서 잠이 들기 일쑤였다. 그러면 폴은 혼자 거실에서 공놀이를 하거나 방안에 틀어박혀 블록 쌓기 게임을 했다.

폴이 학교에 입학했을 때, 폴은 새로운 세상을 구경했다. 폴은 잘 차려입은 아이들 틈바구니에서 때 묻은 교복을 입고 냄새를 풀풀 풍겨야 했다. 부끄러움보다는 자신이 우주인이 되어 낯선 공간에 불시착했다는 기분에 휩싸였다.

"넌 어디에 사니?"

한껏 들떠 있던 폴이 옆에 앉은 줄리앤에게 말했다.

"피쉬폰드."

줄리앤이 폴을 보며 대답했다.

"나도 피쉬폰드에서 사는데……, 그런데 왜 한 번도 본 적이 없지?"

"그러게…….“

폴은 줄리앤을 왜 못 봤는지 살짝 궁금했다.

"폴."

줄리앤이 폴을 불렀다.

"응."

"넌 왜 교복을 입고 왔니?"

"교복? 그러게……. 엄마가 학교에서는 교복을 입는 거라고 하시던데…….“

이상한 기분이 든 폴이 교실을 천천히 둘러봤다. 줄리앤 말대로 교복을 입고 온 아이는 아무도 없었다.

'엄마는 왜 교복을 입혀 주셨을까?'

학교에 간 폴은 두 가지의 궁금증이 생겼다. 하나는 같은 동네에 사는 줄리앤을 그동안 왜 못 봤을까, 하는 것과 엄마가 왜 교복을 입혀 학교에 보냈을까, 하는 것이었다.

"아빠, 줄리앤이라는 아이 알아?"

집으로 돌아온 폴이 아빠에게 물었다.

"글쎄다, 줄리앤이 누구지?"

"내 짝꿍."

폴은 큰 소리로 말했다.

"아빠가 네 짝꿍을 어떻게 알겠니?"

"줄리앤도 우리 동네에 산다고 하던걸."

아빠는 더 이상 말을 하지 않았다.

생각해 보면 그 대답은 쉽게 찾을 수 있었다. 가난했던 폴은 집 밖으로 나가지 않았다. 집에서 형과 놀았을 뿐, 학원에 가거나 아이들과 게임을 하며 놀지 않았다. 작은 키 때문에 땅딸보, 뚱뚱해서 뚱보, 가난해서 가난뱅이 등 아이들에게 놀림을 받을 것 같아서 부모님이 밖으로 나가게 하지 않았다.

"엄마, 우리 반에서 교복 입고 온 아이는 나밖에 없었어."

폴이 엄마에게 말했다.

"옛날에는 모두 교복을 입었단다."

"지금은 옛날이 아니잖아."

"……."

"새 옷 사줘."

폴이 보챘다.

"새 옷은 금방 더러워진단다. 나중에 새 옷을 사 입으면 네가 그 아이들보다 훨씬 더 새 옷을 입게 되는 거야."

폴은 엄마와 아빠를 번갈아가며 쳐다봤다. 엄마의 말이 맞는 것 같기도 하고, 틀린 것 같기도 했다. 그때 신문을 뒤적이시던 아빠가 한숨 섞인 목소리로 이렇게 말했다.

"가난은 결코 부끄러운 일이 아니란다."

아빠가 폴에게 한 말은 아니었다. 그러나 폴은 아빠의 말을 아주 또렷하게 들었다.

가난은…….

폴은 남들보다 돈이 없는 게 가난이라는 건 대충 알고 있었다. 엄마는 좋은 자동차와 좋은 냉장고와 좋은 신발이 없는 건 가난 때문이라고 폴이 다섯 살 때부터 말하곤 했다. 또 남들보다 더 좋은 자동차는 없지만, 지금 타고 다니는 자동차가 마음에 들고 불편하지 않으면 그것이 좋은 자동차가 될 수 있다고 말했다. 진짜 부자는 마음이 부자인 사람이라고도 말했다. 그렇다면 폴은 가난한 것일까, 부자인 것일까?

☆

다음 날 아침이었다.

밥을 먹는 둥 마는 둥 폴은 학교로 달려갔다. 그리고 줄리앤에게 자신이 알아낸 대답을 들려주기 위해 책상에 앉아 줄리앤을 기다렸다.

그런데 교실 문을 열고 들어선 줄리앤은 폴 쪽으로 오지 않았다. 다른 책상에 앉은 줄리앤은 수업 내내 폴 쪽으로는 고개도 돌리지 않았다. 줄리앤 뿐만이 아니었다. 같은 반 아이들 중 어느 누구도 폴과 얼굴을 마주치기 싫어했다. 꼬질꼬질한 교복에 못생기고, 키가 작고, 뚱뚱한 폴!

아이들은 쉬는 시간에 폴을 손가락으로 가리키며 자기들끼리 수군댔다. 수업 중에도 아이들은 폴을 향해 귓속말을 했다. 폴에게는 들리지 않지만 대강 무슨 말인지 폴은 다 알고 있었다. 못생기고, 뚱뚱하고, 거지 같은 폴⋯⋯.

"줄리앤!"

집으로 가는 길에 폴이 줄리앤을 불러 세웠다.

"왜?"

"내가 왜 교복을 입고 있는지 알았어."

"궁금하지 않거든."

줄리앤은 귀찮은 듯 인상을 찡그렸다.

"아냐, 넌 들어야 해."

폴은 이 모든 게 가난 때문이라고 말하고 싶었다. 그리고 이렇게 줄리앤에게 이야기하는 것이 자신으로서는 얼마나 큰 용기가 필요했는지 말해주고 싶었다.

"네가 교복을 입든 말든 그 이유를 내가 왜 들어야 하니?"

폴은 축구공으로 머리를 얻어맞은 것 같았다.

"어제까지만 해도 넌 궁금했잖아."

"지금은 궁금하지 않아."

"왜?"

"우리 아빠에게 물어봤거든. 네가 왜 학교에 꼬질꼬질한 교복을 입고 오는지."

"나도 아빠에게 물어봤는데……."

스쿨버스로 걸어가던 아이들이 줄리앤과 폴을 번갈아 보며 히죽히죽 웃었다. 개중에는 폴을 보며 땅딸보라고 놀리기도 했고, 말쑥하게 차려입은 첼시는 폴에게 원숭이 흉내를 내기도 했다.

"그럼 됐어. 잘 가……."

폴이 줄리앤에게 손을 흔들었다.

줄리앤은 치마를 툴툴 털며 스쿨버스로 향했다.

폴은 멀어져 가는 줄리앤을 멀거니 쳐다보기만 했다.

"줄리앤, 가난은 부끄러운 게 아니래!"

폴이 큰소리로 외쳤다.

"그렇겠지, 멍청아!"

줄리앤은 폴을 본 척도 하지 않고 스쿨버스에 올랐다.

운동장에 폴만 남아 있었다.

폴은 처음으로 가난이 무엇인지 알 수 있었다. 가난한 것

이 나쁜 건 아니라던 아빠의 말과 달리 가난은 자신을 운동장
에 혼자 남게 했다. 가난은 생각보다 어마어마하게 큰 괴물이
었다. 이 괴물과 맞서 싸우기에는 폴이 너무 어렸다.

☆

그날 밤, 폴은 잠이 오지 않았다. 엄마가 퇴근해서 집에 올
때까지, 다섯 시간 동안 거울 앞에 서 있었다. 첼시의 말대로
못생긴 원숭이 한 마리가 거울 속에 있었다. 그 아이는 키가
작고, 얼굴도 못생긴 데다가 뚱보였다.

"가! 멀리 가 버려, 멍청아!"

폴은 거울 속에 있는 원숭이에게 소리쳤다.

"너 때문이야. 너 때문에 줄리앤이 화를 냈다고! 네가 책임
져. 다 너 때문이야. 너같이 못생긴 아이와 누가 상대를 하겠
니? 이 원숭이 같은 놈아!"

폴은 거울 속 아이와는 한평생 같이 살기가 싫었다.

"꺼져 버려! 이 못생긴 원숭이야!"

다리가 퉁퉁 부을 때까지 폴은 거울 앞에 서 있었다. 그리
고 거울 속 아이에게 욕을 했다.

폴은 학교에 가기 싫었다.

"뚱뚱한 원숭아, 네가 부끄러워서 난 학교에 못 가겠다!"

다음 날, 폴은 학교에 가지 않았다. 대신에 동네를 한 바퀴 돌았다.

폴이 살고 있는 동네는 그리 넓지 않았다. 채소 장수, 빵집 주인, 커피 가게 직원, 구두닦이, 신문 배달부, 택시 운전사, 경찰, 우체부 등 폴은 길에서 만나는 사람들을 유심히 지켜봤다. 사람들은 저마다 부지런히 일하고 있었다. 게으른 사람들은 아무도 없었다. 폴은 그들에게 '당신은 당신에게 정해진 운명이 없나요?'라고 물어보고 싶었다. 정해진 운명이 있다면, 굳이 왜 땀을 흘리며 일을 하느냐고 묻고 싶었다.

하지만 폴은 동네 사람들에게 묻지 않았다. 할인점에서 일하는 엄마를 멀리서 지켜보며 답을 알게 되었다. 엄마에게도 가난이라는 운명이 분명히 있지만, 엄마와 아빠는 이것을 이겨내려고 아침부터 저녁까지 일했다. 정해진 운명이 결코 변하지 않는 대리석과 같은 것이라면 모두 놀이터나 공원에 모여 놀기만 할 것이었다.

'나도 할 수 있어!'

두 시간 동안 동네를 돌아다닌 폴은 신문 배달을 하기로 결심했다. 신문 배달로 정해진 운명을 바꾸어 보기로 한 것이었다. 더러운 양말과 꼬질꼬질한 교복과 낡은 가방을 바꾸고 싶었다. 이것이 가능하다면, 그다음에는 줄리앤과 대화를 나눌 수 있다고 생각했다.

목표가 정해지자 폴은 한결 마음이 편했다.

그날 밤, 폴은 다시 거울 앞에 섰다.

거울 속의 뚱보에게 이렇게 말했다.

"누구의 운명도 아냐! 바로 네 운명이고, 이것은 네가 바꾸어 나가야 할 영원한 숙제야! 어이, 뚱보! 그 숙제를 내가 도와줄 테니 같이 잘 해보자고!"

그리고 폴은 거울을 깨끗이 닦았다.

저도 합창단에 가입할게요

『정글북』에 보면 「If」라는 제목의 시가 나와요.
그 시에는 '인생을 살면서 앞으로 어떤 일이 일어날지 아무도 모른다.
그렇기 때문에 자신에게 다가오는 단 한 번의 작은 기회도
놓쳐서는 안 된다'라고 쓰여 있어요.

폴은 열심히 신문 배달을 했다. 누가 시킨 것도 아니었다. 스스로 일을 해서 작은 변화를 줘야 한다고 믿고 있었다.

하지만 모든 게 뜻대로 되지 않았다. 줄리앤과 다시 단짝이 되기에는 시간이 너무 많이 걸렸다. 교복도 그대로였다. 신문 배달을 해서 생긴 변화라면 새 양말과 새 가방 정도가 고작이었다. 한두 달 신문 배달을 해도 손에 쥘 수 있는 돈은 얼마 되지 않았다.

이때부터 폴은 스스로 줄리앤을 피했다. 복도 끝에 줄리앤

이 보이면 폴은 교실로 들어가 버렸다. 줄리앤이 화장실 밖에 서 있는 날에는 화장실에서 나오지 못했다.

"우리 학교에서 교복을 입고 있는 건 나밖에 없어."

종종 폴은 새 짝꿍 마르샤에게 이렇게 말했다.

"엄마에게 멋진 옷을 사 달라고 말해 봤니?"

"응."

"그래도 안 사 주시니?"

"멋진 옷을 사 주면 그 옷값만큼 엄마가 힘들게 일을 해야 하거든."

폴은 어른들의 세계를 잘 알고 있었다. 누가 가르쳐준 적도 없었다. 폴은 모든 것을 혼자서 생각하고 행동했다. 그래서일까. 폴은 늘 슬픈 그림자를 끌고 다니는 아이가 되었다.

이런 폴에게 새로운 목표가 생겼다.

그것은 합창단에 들어가는 것이었다.

교실로 들어오신 선생님이 이렇게 말했다.

"자, 우리 학교에 합창단이 있어요. 여러분들 중에 누구든 합창단에 들어가서 아름다운 목소리를 뽐낼 수 있어요. 합창 단에 들어가고 싶은 사람은 손을 드세요."

선생님의 말씀이 끝나자마자 여기저기서 아이들이 손을 들었다. 손을 든 아이 중에 줄리앤도 있었다. 아주 짧은 순간이었다. 그 짧은 순간이 폴에게는 아주 복잡한 시간이었다. 손을 들어 합창단에 가입하고 싶었지만, 줄리앤이 손을 드는 바람에 폴의 손이 어깨를 넘어서지 못하고 엉거주춤한 상태였다.

기회는 자주 오는 게 아니었다. 자신을 향해 날아온 기회를 그냥 흐르는 강물 위로 던져 버릴 것인지, 아니면 그 기회를 붙잡을 것인지 폴은 생각했다. 머릿속에 수백 마리의 거위들이 춤을 췄다. 자신의 머리를 콕콕 쪼아 먹는 것 같기도 했고, 날개로 뺨을 찰싹찰싹 때리는 것 같기도 했다.

"저도 합창단에 가입할게요!"

폴이 손을 번쩍 들었다.

"폴? 그래, 폴!"

아이들의 시선은 일제히 폴을 향하고 있었다. 꼬질꼬질한 교복을 입고 있는 아이, 땅딸보에 못생긴 아이가 혹 합창단의 노래를 망치지나 않을까 걱정 섞인 시선이었다.

"선생님, 전 빼주세요."

창문가에 앉아 있던 헤리가 불만스러운 목소리로 말했다.

"저도요!"

반장인 게릭까지 손을 내려 버렸다.

그 순간 폴은 줄리앤의 팔이 늦가을 갈대처럼 흔들거리는 걸 보고 있었다.

폴은 눈을 감았다.

그리고 기도를 했다. 줄리앤마저 합창단에서 빠진다면 하나님을 영원히 미워할 것이라고.

"자, 그럼 지금 손든 사람은 합창단에 가입하는 겁니다."

선생님의 이 말에 폴은 눈을 떴다.

사방에서 빛이 출렁거렸다. 줄리앤과 합창단이 되다니. 1파운드짜리 동전만 한 희망이라도 폴 자신에게는 산 만큼 큰 희망이 될 수 있다는 걸 깨달았다.

집으로 온 폴은 콧노래를 흥얼거렸다. 텔레비전 채널을 돌려가며 합창단 공연을 구경했다. 그것만으로 합창단을 이해하기란 힘들었다. 그래서 폴은 교회에 가서 성가대원이 되고 싶다고 목사님에게 말했다. 폴의 부탁은 흔쾌히 받아들여졌다. 학교에서 합창단이 모여 노래를 부르기도 전에 폴은 주말부터 교회 성가대에서 자신의 목소리를 많은 사람에게 들려 줬다. 사람들은 성가대를 향해 손뼉을 쳤다. 그것은 폴만을 위한 박수가 아니었다. 성가대 전체를 향한 응원이었다.

일요일 오후, 폴은 영화 「E.T.」의 주제가를 들으며 뜨개질용 바늘로 지휘했다. 가족들이 모두 소파에 앉아 휴일을 즐기는 중이었다.

"노래 부르는 게 그렇게 좋으니?"

엄마가 폴에게 물었다.

"네."

"축구를 하면 많은 사람이 널 좋아할 것이고, 피아노를 치면 전 세계를 돌며 공연을 할 것이고, 그림을 그리면 멋진 미술 선생님이 될 수 있잖아."

"지금으로서는 노래가 최고로 좋아요."

폴은 말을 배우면서부터 노래를 흥얼거리곤 했다. 가족은 폴이 노래를 부른다고 해서 특별히 과외 수업을 받도록 하지는 못했다. 노래를 곧잘 부른다지만 그 나이 정도면 누구나 부르는 수준이었다. 폴에게 특별한 건 목소리였다. 수줍음이 많았던 폴이 노래를 부르면 주변을 조용하게 만드는 기술이 있었다.

"엄마가 도와줄 수 없는 거 알지? 하는 데까지 온 힘을 다해 봐라."

"네, 엄마."

폴은 주먹을 불끈 쥐었다.

줄리앤이 손을 들었다

전 언제나 직업으로서 노래를 하고 싶었어요.
하지만 언제나 자신감이 문제였죠.

2학년 가을이었다.

학예회가 있을 예정이었다. 선생님은 학예회에서 독창을
할 학생을 뽑는다고 일주일 전부터 학교 게시판에 공고를 내
었다. 「그 옛날에」를 가장 잘 부르는 사람이 독창을 할 수 있
다고 했다.

학예회를 일주일 앞둔 날, 학교 식당에서 독창할 사람을
뽑을 예정이었다. 서로 말은 안 해서 그렇지 독창은 첼시가
될 거라고 알고 있었다. 학교에서 첼시의 감미로운 목소리를

따라올 사람이 없었다. 폴이 결석을 했던 작년에도 첼시가 독창을 했었다.

자동차 회사 임원의 딸 첼시는 금색 머리띠에 나비 문양의 장식이 달린 보라색 구두를 신고 있었다. 여기에 입고 있던 하얀 드레스는 금술이 치렁치렁 달려서 발을 살짝 움직일 때마다 아삭아삭 소리를 냈다.

3학년 아이들의 노래가 끝났다.

담임선생님이시자 합창단의 지휘자이신 폴의 선생님이 첼시를 불렀다.

"첼시, 불러보세요."

선생님의 말씀에 첼시는 두 손으로 드레스를 살짝 들어 올리며 마이크 앞으로 걸어갔다. 선생님의 피아노 소리에 첼시는 아름다운 목소리를 맘껏 뽐냈다. 마차에 탄 요정이 노래를 부르는 것 같았다. 강물 위로 예쁜 꽃들이 소곤소곤 이야기를 하는 듯 감미로웠고, 노래 끝부분은 생크림처럼 달콤했다. 창문 밖에 첼시의 부모님이 두 손을 모으고 첼시를 응원하고 있었다.

"환상적이야, 첼시 네가 최고야!"

첼시의 노래가 끝나자 아이들은 식당이 떠나갈 정도로 크게 손뼉을 쳤다. 폴도 손뼉을 쳤다.

그다음은 줄리앤 차례였다.

"줄리앤, 잘해."

옆으로 지나가는 줄리앤에게 폴이 말했다. 그날따라 줄리앤의 어깨가 탁구공만큼 작아 보였다.

"시작하세요."

선생님의 말씀에 줄리앤은 크게 숨을 들이마시며 노래를 시작했다. 줄리앤의 목소리는 첼시만큼 아름답지는 않았다. 그러나 첼시보다 음감이 풍부했다. 첼시가 바이올린이라면 줄리앤은 첼로였다.

"잘했어요."

얼굴이 빨개진 줄리앤이 자기 자리로 돌아갔다.

"브라보!"

옆을 지나가는 줄리앤을 향해 폴은 짝짝짝 손뼉을 쳤다. 줄리앤에게 손뼉을 치는 건 폴밖에 없었다.

"다음은 폴!"

이제 폴의 차례였다.

폴은 잠시 눈을 감았다. 그리고 자신에게 이렇게 물었다.

'넌 죽었니?'

'아니! 난 아직 죽지 않았어. 자신감이 없었을 뿐이야. 내가 정말 하고 싶은 게 노래라면 최선을 다해 불러보자, 폴!'

의자에서 일어난 폴이 고개를 돌려 줄리앤을 봤다. 줄리앤은 빨개진 얼굴로 폴을 빤히 쳐다보고 있었다. 갑자기 폴은 움츠러든 어깨에 날개가 생기는 것 같았다.

하지만 다른 아이들은 차가운 얼굴로 폴을 쳐다봤다. 그동안 합창단에서 폴은 주전자를 들고 다니는 물 당번과 같은 존재였다. 같이 무대에서 노래를 부르기는 했지만 당돌한 아이들의 목소리에 폴의 목소리는 언제나 꼭꼭 숨어 있었다. 단 한 번도 첼시의 목소리를 뛰어넘어 본 적이 없었다. 그래서 아이들은 폴의 노래는 들으나 마나 한 것이라고 생각하고는 주섬주섬 가방을 싸기 시작했다. 식당 밖에 있던 첼시의 부모님도 첼시에게 가방을 들고 나오라고 손짓했다.

폴이 앞으로 나갔다.

"자, 시작하세요."

폴은 숨을 크게 들이마셔 아랫배에 만들어 놓은 공기주머니에 차곡차곡 쌓았다. 그리고 천천히 공기주머니에서 공기를 빼내며 영국 동요인「그 옛날에」를 불렀다.

옛날에 즐거이 지내던 일 나 언제나 그리워라.

동산에 올라가 함께 놀던 그 옛날의 친구들.

먼 산에 진달래 곱게 피고 뻐꾸기 한나절 울어대니

그리운 옛날의 그 얘기를 다시 들려주셔요.

둘이서 거닐던 그 오솔길 정다웠던 그 옛날에

오늘도 눈앞에 떠오르네.

다정한 벗의 얼굴 민들레 꽃피는 언덕에서

서로 손을 잡고 속삭였지.

그리운 옛날의 그 얘기를 다시 들려주셔요.

폴의 노래는 잘 다듬어진 노래가 아니었다. 첼시처럼 아름답지도 않았다. 줄리앤처럼 목소리가 식당을 가득 메우지도 않았다. 그러나 폴의 노래에서는 그 누구도 따라 할 수 없는 에너지가 있었다. 그것은 소름이 돋을 만큼 사람의 마음을 움직이는 힘이었다. 연극배우가 관객들에게 대사를 전달하듯 감정을 실은 목소리였다. 캄캄한 브리스톨 항구를 비추는 등대 불빛 같았다. 안개가 자욱한 바다를 이리저리 비추며 어둠을 향해 뻗어 나가는 불빛. 오랫동안 파도에 시달린 배들이 그 빛을 따라 항구로 들어오면서 느끼는 안락함을 지금 식당에 앉아 있는 아이들이 느끼고 있었다. 그것은 예전에 느껴보지 못한 감동이었다. 선생님도 그 감동에 멍하니 폴을 지켜봤다. 폴을 조롱했던 몇몇 아이들도 넋이 나간 표정으로 폴을 쳐다보고 있었다.

"폴, 수고했어요."

노래를 끝낸 폴은 아이들을 쳐다봤다. 아이들의 시선이 자신을 향하고 있었다. 가방을 쌌던 아이들도 멈춘 시계처럼 폴만 쳐다볼 뿐이었다.

"자, 여러분도 잘 들었지요? 그럼 독창으로 누굴 뽑을 건지 투표로 정하기로 해요."

선생님의 말씀에 당황한 건 첼시와 식당 밖에 있던 첼시의 부모님이었다. 얼굴을 붉히더니 뭐라 뭐라 소리를 질렀다.

누가 제일 잘했는지 손을 들어서 세 명의 후보를 먼저 뽑기로 했다.

첼시, 줄리앤, 폴이 뽑혔다.

"자, 이제 세 명 중에 한 사람을 뽑아야 해요. 제일 먼저 첼시가 잘했다고 생각하는 사람은 손을 들어보세요."

아이들은 첼시와 식당 밖 첼시 부모님을 쳐다봤다. 아이들은 어떻게 해야 할지 망설였다. 반쯤 팔을 들었다가 내리는 아이도 있었고, 아예 책상에 엎드려 발만 동동 구르는 아이도 있었다. 첼시는 그런 아이들을 향해 날카로운 눈빛을 쏘아붙였다.

"여덟 명! 다음은 줄리앤!"

줄리앤을 응원하는 아이는 단 한 명뿐이었다.

바로 폴이었다.

"한 명, 다음은 폴."

선생님이 폴이라고 하자 잠시 식당이 수런거렸다. 폴을 쳐다보는 게 아니라 아이들은 모두 첼시와 식당 밖에 있는 첼시의 부모님 눈치를 보고 있었다.

아이들이 하나둘 손을 들기 시작했다.

셋, 넷, 다섯, 여섯, 일곱, 여덟!

여덟 명의 아이가 손을 들었다.

"여덟 명이 전부인가요? 그러면 첼시랑 같은데……."

그때였다.

잠자코 있던 줄리앤이 마지막으로 손을 들었다.

"줄리앤까지……, 아홉!"

이것으로 이번 학예회 독창은 폴의 차지였다.

폴은 두 손을 번쩍 들었다. 기회! 전혀 생각하지도 못한 한 번의 기회가 찾아온 것이었다.

그때, 첼시가 의자에서 일어났다. 식당 밖에 있던 첼시 부모님도 이미 식당 안으로 들어와 있었다.

"이번 학예회 독창은 폴이 부르게 되었어요. 모두 폴에게 손뼉을 쳐주세요."

"선생님!"

아이들이 손뼉을 치려는데, 첼시가 손을 들었다.

"첼시, 말해 보렴."

"땅딸보에 못생기고, 쓰레기통을 뒤집어쓴 것 같은 폴이 독창을 하면 사람들이 합창단을 거지들로 볼 것입니다. 저는 폴의 독창을 반대합니다."

식당은 찬물을 끼얹은 듯 조용했다.

문 옆에 서 있던 첼시 부모님도 주먹을 들었다 놓았다 했다.

"우리 학교 합창단 아이들이 폴을 독창으로 뽑았는데도?"

"여기 모인 아이들이 전문가는 아니잖아요. 엘시로라 선생님이라면 모르지만…….”

"엘시로라 선생님이 누구니?"

선생님이 첼시에게 물었다.

"런던 콩쿠르대회에서 1등 하신, 훌륭한 오페라 가수입니다. 저희 아이가 과외를 받고 있지요.”

첼시 아빠가 툭 튀어나온 배를 손바닥으로 쓸며 말했다.

"저도 학생들에게 노래를 가르치고 있으니 전문가라면 전문가지요. 제가 봐도 폴이 첼시보다는 노래를 잘 불렀다고 봅니다. 그리고 여기에 있는 합창단원들도 노래 실력이 만만찮으니 전문가라면 전문가지요. 독창은 폴이 해야 합니다. 한번 내린 결정을 바꿀 순 없습니다.”

선생님의 목소리는 차가웠다.

"자상한 선생님, 저 교복을 입은 아이를 무대 제일 앞에 내놓는단 말입니까? 저 복장은 학예회 무대를 더럽힐 것입니다. 학교운영위원회에서 이 사실을 안다면 당장 학예회를 취소하고, 합창단 지원비를 삭감할 것입니다.”

첼시의 아빠는 학교운영위원회 회장이었다.

“선생님!”

그때, 줄리앤이 손을 들었다.

“줄리앤, 말해 보렴.”

“학예회 단체복으로 교복을 추천합니다.”

또 한 번 식당에 찬바람이 불었다. 아무도 말을 하지 않는 탓에 누군가 떨어뜨린 연필 구르는 소리가 크게 들릴 정도였다.

“교복을?”

“네. 동문들이 오시는 이번 학예회에 부모님들이 입고 다녔던 교복을 입고 합창을 한다면 많은 분이 손뼉을 쳐 줄 것이라고 생각합니다. 폴의 교복도 깨끗하게 세탁하면 새 옷이 될 것이고, 부모님에게 부탁하면 옛날에 부모님들이 입었던 교복을 잘 손질해서 준비해 줄 것입니다.”

아이들이 손뼉을 쳤다.

한때 브리스톨은 잘 사는 항구도시였다. 『걸리버 여행기』

에서 걸리버가 배를 타고 떠난 항구가 있는 곳이었고, 신대륙을 찾아 메이플라워호가 출발한 곳이기도 했다. 한때는 꽤 유명한 도시였지만 지금은 영국에서 손에 꼽을 정도로 못사는 도시로 변했다. 특히 영국은 광고지가 붙어 있고 벽에 낙서가 되어 있으면 가난한 동네로 불리는데 피쉬폰드는 거리 곳곳에 낙서와 오물로 더러운 곳이 많았다. 이런 피쉬폰드에서 돈을 아끼는 건 크게 환영받을 만한 일이었다.

"줄리앤이 참 좋은 의견을 냈구나. 그렇게 하자구나."

아이들은 박수로 이번 학예회 때 입을 합창단의 옷은 옛 교복으로 결정했다.

"사람들이 너희들을 거지로 볼 거야. 피쉬폰드의 거지들! 그래도 좋으니? 폴이 노래를 부르는 건 너희들의 얼굴에 침을 뱉는 거라고!"

첼시 아빠가 소리쳤다.

하지만 아무도 대꾸하지 않았다.

첼시 아빠는 조용히 식당을 빠져나갔다. 마르샤 앞을 지나칠 때, 마르샤가 혼자 중얼거렸다.

"배나 좀 집어넣지."

☆

"날 미워하면서 왜 손을 들었니?"

스쿨버스에 폴과 줄리앤이 나란히 앉았다.

"내가 듣기로는 네가 첼시보다 훨씬 나았거든."

"그러면 우리 친구 하는 거야?"

얼굴이 빨갛게 달아오른 폴이 물었다.

"생각해 보고……."

줄리앤은 창밖으로 고개를 돌렸다.

"낡은 교복이지만, 엄마가 깨끗하게 세탁을 해 줘서 냄새
는 안 나는데……."

"알아."

폴과 줄리앤은 우체국 앞에서 같이 내렸다. 많은 엄마들이
스쿨버스를 기다리고 있었다.

폴은 아이들과 엄마 사이로 묵묵히 걸어 나왔다. 그 뒤로
줄리앤도 뒤따라왔다.

"줄리앤! 엄마는 안 오셨니?"

"응."

줄리앤이 실쭉 웃었다.

"왜?"

"할인점에서 일하시거든."

"우리 엄마도 할인점에서 일하시는데……."

줄리앤은 골목 안으로 뛰어갔다.

폴은 줄리앤이 사라지는 모습을 지켜봤다. 그리고 세상에 나쁜 모든 것들은 자기에게 다 모여 있다는 생각에 살짝 금이 갔다. 폴에게만 있다고 생각한 걱정과 근심과 불행과 가난이 해맑게 웃는 아이들에게도 있을 수 있다는 걸 그때야 알았다.

"잘 가!"

집으로 돌아오면서 폴은 이상한 용기가 생겼다. 어디서 생겼는지는 몰랐다. 어쨌든 용기라는 게 기분 좋게 두 어깨 위에 앉아 있었다.

☆

집으로 돌아온 폴은 잠을 자지 못했다. 자신에게 주어진 한 번의 기회를 잘 잡았지만 학예회에 독창이라는 또 다른 기회를 어떻게 할 것인가, 하는 문제가 머리를 지근거리게 했다. 항상 초조하고 불안해하던 자신을 누구보다 폴은 잘 알고 있었다. 서두르고, 얼렁뚱땅 일하다가 깨버린 쟁반이 몇 개며, 우유를 쏟는 바람에 쓰레기통에 쑤셔 박은 책과 공책이 몇 개인지 셀 수도 없었다. 두 번째 자신에게 다가온 이 기회를 쟁반보다 더 소중하게, 금방 낳은 계란보다 더 조심성 있게 잘 지키고 싶었다.

"못생긴 원숭아, 힘을 내자!"

마음을 울리는 노래

하루하루가 고통이었다.
하지만 '현실은 현실이고, 꿈은 꿈이다'라는 생각으로
계속 꿈을 좇았다.

　　새벽에 폴은 침대에서 일어나 교회로 달려갔다. 100년 넘게 뮤지컬의 전통을 가진 세인트 메리 교회였다.

　　문을 열고 들어선 교회에는 아직 어둠이 깔려 있었다. 폴은 제일 앞자리로 가서 앉았다. 천장에 매달려 있는 십자가가 그날따라 폴 바로 앞에 서 있는 듯 가깝게 느껴졌다. 폴은 십자가를 향해 두 손을 모았다.

　　"노래를 잘 부르고 싶습니다. 아주 잘⋯⋯."

　　폴은 눈을 감았다.

그리고 다시 눈을 떴을 때, 폴은 노래를 부르고 있었다. 「그 옛날에」이었다.

폴의 목소리는 파도가 치듯 높이 치솟아 천천히 가라앉으며 바닥으로 스며들었다. 그리고 문밖으로 빠르게 퍼져 나갔다. 어둠 속으로 스며든 목소리는 동네 창문이며, 대문을 노크했다. 전선주 위에서 졸던 새들도, 나뭇잎에 매달려 있던 이슬도 교회를 향해 반짝 눈을 떴다. 땅 위에 있는 모든 그릇에 폴의 목소리가 넘쳤고, 한밤에 교회 종소리만큼 투명하게 거리를 돌아다녔다.

그때였다.

교회 문이 천천히 열리더니 할머니 한 분이 들어왔다. 의자 사이로 걸어 들어온 할머니는 폴을 빤히 쳐다보았다. 그리고 두 손을 모아 기도를 하더니 다시 문을 열고 밖으로 나갔다.

아주 잠깐 동안 일어난 일이었다. 그러더니 반쯤 열려 있던 문으로 사람들이 들어왔다. 목사님도, 동네에서 케이크를 가장 잘 만드는 안드레야 아주머니도, 샤샤 집사님도, 카리안 목사님도 의자에 앉아 폴이 부르는 노래를 들었다.

노래가 끝났을 때, 폴은 뒤를 돌아보고 놀랐다. 의자에 수십 명의 사람들이 앉아 있었다.

"아……, 죄송합니다."

"교회가 생기고 이렇게 멋진 노래는 처음 듣는걸."

목사님이 폴의 머리를 쓰다듬어 줬다.

"죄송합니다."

"아냐, 여긴 널 위해 준비한 콘서트홀이야. 멋지지 않니?"

폴은 활짝 웃고 있는 사람들을 쭉 쳐다보았다. 자신의 노래를 듣고 찾아온 첫 손님이었다.

"네 노래를 들어 온 하나님이 우리들을 이곳으로 오게 했단다. 하나님이 혼자 듣기에 아까웠던 모양이야. 자, 다시 한번 우리 앞에서 노래해 보거라. 그러면 더 많은 사람이 너의 노래를 듣고 교회로 올 거야."

목사님이 인자하게 웃으며 말했다.

"고맙습니다."

폴은 십자가 아래로 걸어갔다. 두 손을 맞잡고 노래를 불렀다. 길을 걷던 사람들도, 아침 일찍 우유를 배달하던 사람들도, 강아지를 데리고 산책을 나온 사람들도, 열린 교회 안으로 들어와 폴의 노래를 들었다. 그 사람들 틈새로 아침 햇살이 밀려와서 의자에 앉은 사람들의 머리 위에 앉아 노래를 들었다.

"멋져!"

사람들은 일어서서 손뼉을 쳤다.

"우리 성가대원입니다. 곧 브리스톨에 있는 뉴룸에서 공연을 할 수 있을 겁니다. 뉴룸 뿐이겠습니까? 런던으로도 갈 수 있을 것입니다. 제가 왕립합창단에 소개서를 넣어 보겠습니다."

목사님이 폴을 소개하자 또 한 번 큰 박수가 터졌다.

"고맙습니다. 고맙습니다."

폴은 사람들에게 인사를 했다.

전혀 예상하지 못한 일이었다. 이른 새벽에 교회에 사람들이 몰려올 것도 몰랐지만, 목사님의 칭찬은 정말 놀라운 사건이었다.

"좋은 일이 있으면 내가 연락을 하마. 그동안 노래를 열심히 부르거라."

"고맙습니다. 목사님."

폴은 두 팔로 뜨거운 가슴을 움켜쥐고 집으로 돌아왔다.

돌아오는 길에 보니 골목길에 할머니가 걸어가고 있었다. 조금 전에 교회에서 본 할머니였다. 할머니가 걸어가는 골목길이 밝게 빛나고 있었다.

☆

학예회가 있는 날이었다.

깨끗이 세탁된 교복을 입고 폴은 학교에 갔다. 벌써 많은 아이가 콘서트홀에서 폴을 기다리고 있었다.

"자신 있니?"

기다리고 있던 줄리앤이 말했다. 줄리앤도 교복을 입고 있었다.

"응. 고마워."

"첼시의 코를 납작하게 해줘야 해. 아마도 많은 사람이 널 위해 박수를 보낼 거야. 걱정하지 마."

폴은 빙그레 웃었다.

그날 이후 줄리앤과 폴은 한층 가까운 사이가 되었다.

"자, 이쪽으로 모여 보세요."

선생님이 손을 흔들어 아이들을 불렀다.

폴과 줄리앤은 선생님을 따라 무대 뒤로 갔다. 난생처음으로 무대 뒤를 본 폴은 잔뜩 긴장되어 떨고 있었다. 입술이 마르고 얼굴에 경련까지 일어났다.

"괜찮아?"

줄리앤이 폴에게 걱정스러운 얼굴로 물었다.

"응. 살짝 긴장되네."

"나도 그래."

줄리앤은 소리 내 웃었다.

"뭐가 그리 좋아?"

음료수를 들고 첼시가 나타났다.

"이게 무슨 냄새야? 시궁창 냄새가 나네."

첼시는 폴 등 뒤로 가서 킁킁 냄새를 맡았다. 그러더니 손으로 코를 막았다.

"더러운 옷은 빨아도 빨아도 냄새는 지워지지 않는 법이거든. 이걸 입고 합창을 하다니!"

몇몇 아이들이 폴 가까이에서 킁킁 냄새를 맡았다. 그들역시 인상을 찡그리며 저만치 물러섰다.

"오늘 숨쉬기는 틀렸다."

첼시는 비아냥거리며 음료수를 쪽쪽 소리 내 빨아댔다.

"자, 여러분! 관현악단의 공연이 끝나면 우리 차례입니다. 합창곡을 부르고 나면, 폴이 앞으로 나와 독창을 하는 겁니다. 모두 아셨죠?"

네, 하고 모두 대답을 했다.

"폴!"

커튼 사이로 관현악 공연을 구경하고 있던 줄리앤이 폴을 불렀다.

폴도 줄리앤 옆에서 커튼을 걷고 구경했다.

"저 곡은 베토벤의 「피델리오」서곡이야."

줄리앤이 말했다.

"넌 저 노래가 「피델리오」서곡이라는 걸 어떻게 알았니?"

"엄마가 피아노를 잘 치시거든. 엄마가 종종 내게 들려주셨어."

아주 짧은 순간이지만 폴은 할인점 계산대에 서 있을 엄마를 떠올렸다. 온종일 서 있어서 퇴근 후에는 장딴지가 살찐 무처럼 부어 있었다.

"저기 좀 봐!"

폴이 관현악단 제일 뒤에 서 있는 한 아이를 손가락으로 가리켰다. 그 아이는 폴처럼 키도 작았고, 뚱뚱했다. 그 아이가 연주하는 악기 또한 멧돼지만큼이나 큰 몸집에 커다란 귀가 달렸다.

"저건 바순이라고 해."

입에 바람을 잔뜩 문 줄리앤이 뿡뿡 소리를 냈다.

"바순?"

"가장 크고 낮은 소리를 내지. 말 방귀 소리 같은 거."

줄리앤이 배를 잡고 웃었다.

"자, 줄을 서서 들어가는 거예요."

관현악 공연이 끝났다. 이제 합창단 공연이 있을 차례였다. 선생님이 벽 쪽에 붙어 서서 무대로 들어가는 아이들에게 일일이 악수를 했다.

"최고의 공연을 위해!"

폴 차례가 되었다. 선생님은 폴의 귀에 이렇게 말했다.

"나는 널 믿는단다!"

"네."

합창단이 무대로 들어섰다. 콘서트홀을 가득 메운 사람들이 손뼉을 쳤다. 아이들은 익숙하게 정해진 자기 자리를 찾아 갔다. 선생님이 지휘봉으로 별을 그렸다. 그 별은 노래를 다 부르는 동안 선생님의 지휘봉에 빛을 낼 것이었다.

"하나, 둘, 셋!"

아이들은 노래를 불렀다. 화음도 넣고, 강물이 출렁거리듯 음계를 따라 오르락내리락하면서 사람들의 마음을 어루만졌다. 누군가 벌써부터 휘파람을 불기도 했고, 어떤 사람은 자신의 아이를 사진기에 담기 위해 무대 바로 아래에서 부산하게 움직이기도 했다. 그 뒤로 교장 선생님과 교감 선생님, 그리고 학교운영위원회 회장인 첼시 부모님도 앉아 있었다. 그 옆에는 경찰서장님과 시장님이 턱을 괴고 앉아 심각하게 노래를 듣고 있었다. 합창단이 왼쪽 오른쪽으로 몸을 움직이며 노래를 부를 때는 박수가 터져 나오기도 했다. 특히 오래전에 입었던 교복이 조명에 반짝반짝 빛을 낼 때는 눈물을 흘리는 사람도 있었다.

"좋아, 아주 좋았어요!"

마침내 합창이 끝났다.

박수 소리가 콘서트홀을 무너뜨리기에 충분했다. 선생님과 아이들도 흡족했다. 합창도 좋고, 교복도 좋고, 오늘따라 목소리도 훌륭하게 나왔다. 아이들도 서로 얼싸안으며 좋아했다.

"다음은 독창 순서입니다. 독창에 폴 포츠입니다!"

사회자 선생님이 마이크에 대고 폴의 이름을 불렀다. 순간 당황한 폴은 고개를 돌려 줄리앤을 찾았다. 눈동자가 정신없이 돌아다녔다. 너무 긴장하여 눈에 아무것도 보이지 않았다. 조명과 넓은 무대에 혼자가 된 기분이었다. 너무 긴장하면 간혹 한 번씩 있는 일이었다.

"폴! 뭐 해, 어서 앞으로 나가야지."

줄리앤은 폴 바로 옆에 있었다.

"아, 줄리앤……."

"잘해 낼 거야. 우리가 뒤에 서 있잖아."

줄리앤이 폴의 어깨에 손을 올렸다.

"고마워."

폴은 선생님이 서 있던 곳으로 걸어갔다. 밝은 조명이 폴만 비췄다. 하나도 보이지 않았다. 밤보다 더 캄캄한 낮이었다. 교회 십자가 아래에서 노래를 부르는 것 같았다. 아니, 하나님이 지금 폴 앞에서 황금지휘봉을 들고 지휘를 하는 것 같았다.

그렇게 생각해서일까? 딸깍, 문을 열고 교회에서 봤던 그 할머니가 복도를 따라 무대 앞으로 걸어왔다.

'할머니……'

무대 앞까지 온 할머니는 폴에게 희미하게 웃고는 다시 뒤돌아 나가 버렸다. 할머니를 본 건 폴밖에 없었다.

이윽고 반주가 시작되었다.

폴은 마음속으로 수를 헤아렸다. 하나, 둘, 셋, 넷. 그리고 노래를 불렀다.

빠른 곡이 아니었다. 아주 먼 옛날을 추억하는 노래였다. 겨우 손만 들어가는 항아리에 손을 넣어 더듬더듬 맛있는 것을 찾아내는 기분으로 불러야 하는 곡이었다.

폴의 노래는 많은 학부모의 마음을 울리기에 충분했다. 젖은 수건을 천천히 짜서 그 물기로 나뭇잎을 적시듯 아주 천천히 젖어들게 했다. 콘서트홀은 정전이 된 듯 조용했다. 기침 소리도 들리지 않았다. 시계 소리도 들리지 않았다. 오직 폴의 목소리만이 계단과 계단 사이로, 의자와 의자 사이로 흘러갈 뿐이었다.

그때였다.

첼시의 아빠가 의자에서 일어났다. 그러면서 경찰서장의 귀에 귓속말을 했다. 그러자 경찰서장은 그 옆에 앉아 있던 교장과 귓속말을 했다. 그 귓속말은 전염병처럼 계속 이어졌다. 결국, 폴이 중간쯤 노래를 불렀을 때, 그들은 모두 일어나 문을 열고 나갔다. 뒤를 흘끔거리기는 했지만, 폴의 노래에는 신경을 쓰지 않았다. 폴도 그런 모습을 지켜보고 있었다. 빈 자리가 더 많다는 사실도 알고 있었다. 밖으로 나가면서 버스 운전사의 아들이라는 소리, 할인점 계산원의 아들이라는 소리, 못생기고 교복 따위를 입고 다니는 아이가 이 학교의 학예회를 망쳐 놓는다는 소리가 들렸다. 또 밖으로 나가던 부모님들이 무대 위에 서 있는 아이들에게 무대 밖으로 나오라고 손짓했다. 역정을 내는 부모님도 있었다. 첼시는 벌써 무대 뒤로 슬그머니 사라졌고, 다른 아이들도 하나둘씩 커튼을 젖혀 밖으로 나가 버렸다.

그러나 폴은 계속 노래를 불렀다. 심장에서 뿜어져 나오는

목소리에 자신의 간절함을 담아 허공에 날려 보냈다. 수천 마리의 하얀 비둘기들이 폴의 사연을 입에 물고 하늘 높이 날아가서 콘서트홀에 앉아 노래를 듣고 있는 사람들의 가슴에 가서 꽂혔다.

"앵콜!"

누군가 큰소리로 외쳤다.

그리고 박수가 팝콘 터지듯 여기저기서 솟아올랐다. 마치 여름날 분수대 같았다. 그 분수대 같은 콘서트홀에서 폴은 눈을 떼지 못했다. 1층, 2층을 다 둘러봐도 폴의 가족은 보이지 않았다. 이 시간이면 첼시 아빠의 말대로 아빠는 버스 운전을 할 테고, 엄마는 할인점에서 계산을 하고 있을 것이었다.

"잘했구나."

커튼 뒤에 서 계시던 선생님이 달려왔다. 폴은 기운이 없었다. 양어깨가 돌을 얹은 듯 무거웠다.

"폴, 잘 불렀어."

"고맙습니다."

"이렇게까지 잘 해낼 줄은 몰랐구나. 노래경연대회에 나가도 될 거 같아."

"노래경연대회요?"

"아, ITV에서 주최하는 '브리튼스 갓 탤런트'라는 쇼 프로그램이 있거든."

"아……."

폴은 선생님의 말씀을 무시했다. 아니, 자신과 상당히 동떨어진 이야기라고 듣고 넘겼다. 고작 학예회 수준이 텔레비전에 나온다는 건 폴이 생각해도 웃긴 이야기였다.

"폴, 오늘 잘했어."

줄리앤도 폴 곁에 와 있었다.

"고마워."

"가자. 오늘은 내가 너희 집 앞까지 같이 갈게."

"정말?"

폴이 밖으로 나오자 이미 다른 아이들은 운동장에서 부모님들과 사진을 찍고 있었다. 그들은 모두 교복을 벗고 있었다.

폴과 줄리앤은 스쿨버스를 타지 않았다. 두 사람은 천천히 길을 걸었다. 스쿨버스가 지나가면서 휘파람을 불어댔고, 뚱보라고 놀려도 뒤돌아보지 않았다.

"네 목소리는 천사의 목소리 같아."

줄리앤이 말했다.

"이렇게 못생긴 천사도 다 있니?"

"천사가 예쁘다는 건 어른들이 지어낸 말이야. 예쁜 천사
도 있으면 못생긴 천사도 있어야지. 안 그래?"

"그런 것도 같네."

폴과 줄리앤은 깔깔대며 집으로 갔다.

파바로티 선생님, 안녕

타고난 재능이 50퍼센트라면
나머지 50퍼센트는 철저한 노력에서 나옵니다.
—파바로티

폴은 4학년이 되었다. 폴은 여전히 노래에 빠져 있었다. 못생긴 폴이 노래에 미쳤다고 학교에 소문이 파다하게 퍼질 정도였다.

그 무렵 학교에서 단체로 영화 학교로 견학을 갔다. 영화 역사관을 구경한 뒤, 모두 영화관에 가서 영화를 봤다. 영화는 1969년에 만들어진 「차이콥스키」였다. 노래에 관심이 많았던 폴은 금방 그 영화에 빠졌다. 스피커로 들려오는 차이콥스키의 음악이 폴의 심장을 발로 걷어차는 것 같았다. 텔레비전이나 라디오에서 듣던 클래식하고는 달랐다.

이때부터 폴은 클래식 음악을 듣기 시작했다. 차이콥스키, 드보르작, 브람스, 푸치니 등 유명한 음악가들의 음악을 두루두루 들으며 클래식 음악의 매력에 흠뻑 빠졌다.

폴의 관심사는 점점 가지를 뻗어 나갔다. 클래식 음악에서 오페라로 발전해 나간 것이었다. 웅장한 악기들 앞에서 뿜어져 나오는 목소리에 매료된 것이었다. 처음으로 오페라 노래를 접한 건 호세 카레라스의 오페라를 통해서였다. 용돈을 조금씩 모아 처음으로 호세 카레라스의 해적판 음반을샀고, 그의 노래를 듣고 오페라 음악의 새로운 느낌을 맛볼 수 있었다.

"무슨 생각하니?"

항구에서 낚시를 하던 폴에게 형이 말했다.

"호세 카레라스."

"그 사람이 누군데?"

"플라시도 도밍고, 루치아노 파바로티, 호세 카레라스를 세계 3대 테너라고 하고, 그중 한 사람이 호세 카레라스야. 백혈병으로 공연 중에 쓰러져 많은 사람이 걱정을 했지만 이겨냈지. 호세 카레라스의 노래는 두 사람보다는 화려하지 않지만, 그의 노래에서는 영혼이 꿈틀거리는 것 같아. 고음보다는 작은 소리와 섬세한 표현이 세계 최고지. 그가 부른 노래 중「페데리코의 탄식」은 정말 환상이야."

폴은 막힘이 없었다.

"쓸데없이 그런 것에 신경을 두고 있으니 낚시도 제대로 못 하지."

"낚시는 내일 해도 되잖아."

"뭐?"

형이 화를 냈다.

폴이 학교와 교회에서 노래를 부르는 탓에 엄마는 형에게만 심부름을 시켰다. 그뿐만 아니었다. 여동생을 돌보는 일도 형의 몫이었다. 거기다가 낚시를 하거나 같이 할인점에 갈 때도 폴은 잠에 취한 고양이처럼 눈이 흐리멍덩했다. 그럴 때마다 형은 폴에게 정신을 차리라며 머리를 쥐어박기도 했지만 별 소용이 없었다. 이 모든 게 오페라 때문이었다. 고작 열한 살 나이에 폴은 호세 카레라스가 부르는 노래를 거의 다 외우고 다녔다. 그리고 옥상에 올라가서 혼자 노래를 불러댔다.

"오페라가 그리 좋아?"

"응."

"동요는 안 부르고?"

"동요는 애들이 부르는 거지."

"너도 애잖아."

"열한 살인데?"

"……."

형은 폴의 낚싯대를 끌어 올렸다. 벌써 붕어 한 마리가 낚싯바늘에 코가 꿰어 이리저리 수초를 헤매고 다녔다.

"가요는 어때?"

형이 또 폴에게 물었다.

"가요는 잘생긴 아이들이 텔레비전 나오려고 부르는 거지. 난 어림도 없어."

"오페라는 어른들도 어렵다고 하잖아."

"쉽게 할 수 있으면 그것은 꿈이 아니지."

폴이 실쭉 웃었다.

"……."

폴의 머릿속에는 오페라밖에 없었다.

낚시터에서만 그런 게 아니었다. 학교에 가서도 폴은 오페라만 생각했다. 쉬는 시간이면 혼자 운동장 귀퉁이에서 노래를 불렀다. 훌륭한 선생님으로부터 노래를 배우거나 공연을 자주 보는 것도 아니었다. 호세 카레라스의 「페데리코의 탄식」이 좋으면, 그것만 계속 불렀다. 발음이 정확하거나 음높이가 맞는 것도 아니었다. 조금씩 호세 카레라스의 노래를 닮아가려는 과정이었다. 쉼 없이 노력해서 언젠가 호세 카레라스를 만나 자신의 노래를 들려주고 싶었다.

"똑같아질 때까지 부를 거야. 그러면 나도 호세 카레라스만큼 좋은 노래를 부르는 성악가가 되겠지."

폴은 주먹을 불끈 쥐었다.

☆

월요일이었다.

학교에 간 폴은 청소 시간에 언덕으로 올라갔다. 언덕에 가방을 깔고 앉아 노래를 불렀다.

"또 부르는 거야?"

폴의 노래를 듣고 줄리앤이 찾아왔다.

"여기 앉아 봐."

폴은 줄리앤을 앉혀 놓고 노래를 불렀다.

"좋아!"

줄리앤은 폴의 노래를 응원하는 몇 안 되는 사람 중의 한 사람이었다. 들어본 적 없는 오페라였지만 줄리앤은 폴의 노래에 박수를 아끼지 않았다.

"폴."

"응."

"정식으로 음악을 배워보는 게 어때?"

"정식으로? 지금은 별로야?"

"별로인 게 아니라, 멋진 선생님 밑에서 정식으로 배워보라는 거지. 세계적인 음악가인 베토벤은 하이든과 살리에리에게 음악을 배웠잖아. 모차르트는 그의 아버지와 바흐에게서 음악을 배웠고, 쇼팽은 체르니 같은 피아니스트와 많은 교류를 통해 훌륭한 음악가로 성공했어. 그러니 너도……."

"……."

"매일 갈매기들에게 들려주기 위해 노래를 부르는 건 좀

웃기잖아."

수업이 끝나면 폴은 스쿨버스를 타지 않고 걸어서 항구로
갔다. 그곳에서 폴은 바다를 보며 노래를 불렀다. 집에서 가
지고 온 빵가루를 뿌려 놓고 노래를 불렀다. 지나가던 사람들
이 보기에는 어딘가 모자라는 아이라고 놀리기도 했다. 한번
은 항구 반대편에서 배에 물건을 내리던 사람들을 향해 노래
하다가 그 사람들로부터 박수를 받은 일이 있었다. 그때 폴
곁에 줄리앤도 있었다. 제아무리 목소리가 큰 사람도 건너가
기 힘든 거리였다. 그러나 폴은 두 번 다시 반대편 항구에 있
는 사람들로부터 박수를 받지 않았다. 폴은 오페라가 큰 목소
리만으로 되는 건 아니라는 생각이 들었다.

"첼시는 런던에서 하는 콩쿠르에 나간다고 야단법석인
데⋯⋯."

줄리앤이 말했다.

"난 가난하잖아. 돈이 없으면 안 돼⋯⋯."

괜히 풀을 뽑아 입에 물었다.

"내가 보기에는 네가 첼시보다 훨씬 노래를 잘 부르는데.
안타까워서 하는 말이야. 오해하지 마."

"지금으로서는 어쩔 수 없어. 하지만 언젠가는 호세 카레라스와 같은 훌륭한 성악가를 찾아가서 배우고 싶어."

줄리앤의 말에 폴은 숙제가 하나 더 늘어났다고 생각했다. 일찍이 생각하지 못한 건 아니었다. 언젠가 정식으로 음악을 배워야 한다는 건 알았지만, 가난한 형편을 뻔히 아는 폴로서는 먼 미래의 이야기일 수밖에 없었다.

"파바로티 노래는 어때?"

"파바로티?"

"응. 난 파바로티가 더 좋은데……."

"그래? 호세 카레라스보다 못하다는 이야기를 들어서……."

"들어 보고 평가를 해야지. 남들이 말하는 소리로 그 사람의 노래를 평가하면 안 되지."

쇠뿔도 단김에 빼라고 폴은 그날 수업이 끝나자마자 바로 도서관으로 달려갔다. 줄리앤의 말대로 폴은 호세 카레라스의 노래에 빠져있는 바람에 은근히 파바로티를 무시했다. 폴은 도서관에서 영상자료를 대여받아 이탈리아의 테너 가수인 파바로티의 노래를 들었다. 이탈리아가 낳은 세계적인 성악가 루치아노 파바로티는 플라시도 도밍고, 호세 카레라스와 함께 세계 3대 테너로 칭송받았다. 그리고 그의 가장 큰 업적은 오페라의 대중화에 크게 기여한 점이었다.

폴은 도서관에서 처음으로 1972년 메트로폴리탄 오페라단에서 파바로티가 소프라노 미렐라 프레니와 부른 「라보엠」과 오페라 「투란도트」의 「공주는 잠 못 이루고」를 들었다. 진한 감동이었다. 주체할 수 없는 감동에 폴은 자신이 얼마나 우물 안 개구리였는가를 알았다. 금방이라도 파바로티를 만나러 이탈리아로 가고 싶을 정도였다. 특히 파바로티가 플라시도 도밍고, 호세 카레라스와 함께 로마월드컵 개막제에서 보여준 공연은 폴을 전율에 떨게 했다.

폴은 도서관에서 파바로티에 대한 자료를 더 찾아보았다. 파바로티에 관한 책이 눈에 띄었다. 그 책에 소개된 파바로티는 폴의 눈을 의심케 할 정도로 가난한 집안의 아들이었다.

1935년 이탈리아 모데나 교외에서 태어난 파바로티. 어린 시절 그의 가족은 가난했다. 아버지 페르난도는 빵을 굽는 사람이었고, 어머니 아델레 벤투리 파바로티는 시가 공장에서 일했다. 파바로티의 청소년 시절은 2차 세계대전으로 얼룩진

시기였다. 대학교에서는 음악이 아닌, 교육학을 전공했으며, 교육자와 가수의 길을 모두 걸을 수 없다는 아버지의 충고로 가수가 되기로 결심했다.

그러던 1975년 12월 22일, 파바로티는 공연을 마치고 집으로 돌아가는 비행기에 올랐다. 밀라노의 말펜사 공항에 착륙하는 과정에서 사고를 당했다. 비행기가 짙은 안개 속에서 착륙을 시도하다 활주로를 벗어나 추락한 것이다. 사고로 정신을 잃었던 파바로티가 깨어난 곳은 사고 현장 한가운데였다. 파바로티는 그 와중에 누군가 건네준 손수건을 받아들자 자신도 모르게 손수건으로 목과 입을 감쌌다. 그 순간 파바로티는 결코 노래와 떨어져서는 살아갈 수 없다는 것을 깨달았다고 했다.

파바로티는 죽을 뻔한 비행기 사고 이후, 열아홉 살 때 처음 노래를 시작하던 열정으로 연습을 했다. 그래서 100kg이 넘던 몸무게를 다이어트로 줄였다. 그에게 비행기 사고는 모든 일을 아름답게 생각하게끔 했고, 다시 온갖 노력을 하는 사람으로 태어나게 했다.

폴은 책 속에서 파바로티를 만난 것 같았다.

그 후로 폴은 더욱 열심히 노래를 불렀다. 그중에서도 파바로티가 즐겨 불렀던 노래들을 옥상에서, 항구에서, 교실에서, 식당에서 쉬지 않고 불렀다. 아침에 눈을 뜨면 가장 먼저 만나는 사람이 침대 머리맡에 걸려 있는 파바로티 사진이었다. 그 앞에서 목소리를 다듬고, 학교 가는 길에 노래를 불러야 마음이 놓였다. 수업 시간에도 창밖을 보며 파바로티 노래를 속으로 외워 부르곤 했다. 그리고 언젠가 파바로티 앞에서 그 노래를 꼭 부를 것이라고 다짐했다.

☆

그러던 어느 날, 교회로 손님이 폴을 만나러 왔다. 목사님이 런던에 있는 왕립학교에 전학을 주선하기 위해 만든 자리였다.

"이 아이가 폴입니다. 폴, 인사드리렴. 런던에서 오신 장필사르 선생님이시다."

나비넥타이를 맨 장필사르 선생님은 배불뚝이였다. 키도 작았다. 거기다가 아주 큰 검은색 구두를 신고 있었다.

"안녕하세요. 폴 포츠입니다."

"이야기는 많이 들었다. 이런 시골에서 천재가 나왔다니, 나도 반갑구나."

폴과 악수를 한 장필사르 선생님은 의자에 앉았다. 그 옆으로 교회 집사님들이 폴의 노래를 듣기 위해 앉아 있었다. 어디서 소문을 들었는지 폴의 부모님과 학교 선생님, 첼시네 가족들도 앉아 있었다.

폴은 그동안 갈고 닦은 자신의 목소리에 자신이 있었다. 긴장하지도 않았다. 폴은 아빠 양복을 줄여 만든 무대복을 입고 앞으로 걸어 나갔다. 폴이 부를 노래는 파바로티가 자주 불렀던 오페라 「투란도트」 중 「공주는 잠 못 이루고」였다.

노래가 시작되었다.

폴은 여느 때와 같이 잔잔한 바닷가에 배를 저어가는 듯한 목소리로 노래를 시작했다. 그리고 파도가 거세지고, 분주히 돛을 내리고 닻을 내려 배를 단단하게 고정한 뒤, 해가 뜨고 파도가 가라앉기를 기다려 평화로운 아침을 맞았다. 아침 해를 보며 배는 다시 바다로 나갔다. 물결 위로 햇빛이 춤을 추고 바람이 돛을 힘차게 밀었다. 그물을 던지면 자잘한 햇빛들이 그물 가득 붙들려 올라왔다. 폴은 자신도 모르게 십자가를 올려다보았다. 그날따라 십자가가 무겁게 보였다. 그리고 폴이 노래를 부를 때마다 찾아오던 할머니도 오지 않았다.

"브라보!"

노래가 끝나자 여기저기서 박수가 터져 나왔다. 앞줄에 앉아 있던 선생님이 자리에서 일어나 손뼉을 치자 첼시 가족을 빼고는 모두 일어나 폴에게 박수로 찬사를 보냈다.

"심사하는 건 런던에서 오신 손님이 하시는 거지, 여기 이 사람들이 아니지."

첼시 아빠의 큰 목소리가 분위기를 깼다.

순간 찬물을 끼얹은 듯 조용해졌다.

"좋은 공연이었습니다. 뛰어난 공연이었습니다."

장필사르 선생님이 폴 곁으로 왔다. 그리고 폴의 어깨를 손으로 감쌌다.

교회에 모인 사람들은 환호성을 질렀다. 이것으로 폴이 영국에 있는 왕립학교에 입학하리라 모두 생각했다.

"그런데, 안타깝게도 폴의 목소리는 가성이 많이 들어가 있습니다. 아직 제 목소리로 노래를 부르기에는 무리입니다.

폴이 부른 노래 역시 파바로티의 흉내를 냈을 뿐, 파바로티를 닮았거나 파바로티를 능가하는 천재는 절대 아닙니다. 단지 흉내를 냈다고 말씀드릴 수 있습니다. 어린 나이에 이 정도 부른 것은 정말 훌륭합니다만, 이 정도 실력을 갖춘 아이들은 영국에 얼마든지 있습니다. 여기에 모인 여러분들에게 실망을 안겨드려 죄송하게 생각합니다. 감사합니다."

장필사르 선생님의 말씀에 모두들 고개를 떨궜다. 실망이라기보다는 절망에 가까운 말이었다. 그동안 자신들이 듣고 감동했던 것이 장필사르 선생님의 몇 마디로 물거품이 되는 순간이었다.

"그럴 줄 알았어."

첼시와 첼시 부모님은 기뻐했다. 손뼉을 치면서 첼시 아빠는 첼시를 장필사르 선생님 앞으로 데리고 나왔다.

"우리 애가 폴보다 백배는 나을 것입니다. 여기에 모인 사람들은 노래를 몰라도 한참 모르는 백치들이니, 우리 아이의 노래를 한번 들어보시지요."

"저는 폴을 만나러 왔습니다. 이 고장에 계신 분들이 폴을 추천한 거지, 댁의 따님을 추천한 것은 아닙니다. 죄송합니다.”

장필사르 선생님의 말에 첼시는 들고 있던 마이크를 집어
던졌다. 그리고 첼시는 아빠의 외투를 잡아당기며 울음을 터
뜨렸다.

“사람들이 너의 실력을 모르고 하는 소리란다. 저분이 비
행기를 타든, 기차를 타든 우리가 그 옆자리에 앉아 꼭 네 노
래를 듣게 하자꾸나.”

폴은 땅이 꺼지고 하늘에 큰 구멍이 난 것 같았다.

“폴! 힘내.”

엄마와 같이 할인점에서 일하는 아줌마가 폴의 손을 잡고
말했다.

옷을 갈아입은 폴이 교회 밖으로 나왔다.

집으로 돌아가는 발걸음이 떨어지지 않았다. 형은 옆에서
자꾸 파바로티 노래를 너무 들어서 닮았다고 했고, 엄마는 한
숨만 푹푹 쉬었다.

“폴!”

교회에서부터 폴 뒤를 졸졸 따라오던 아이가 있었다. 같은
반 마르샤였다. 손에는 꽃을 한 주먹 들고 있었다.

"힘내! 넌 꼭 훌륭한 성악가가 될 거야."

"……."

"기회는 얼마든지 있잖아."

"네가 어떻게 알아?"

화가 난 폴이 마르샤에게 다그쳤다.

"……."

마르샤는 폴에게 꽃을 주고 되돌아 뛰어갔다.

그날 밤에 폴은 잠을 자지 못했다.

폴은 파바로티와 절교를 하기로 했다. 파바로티 음반을 모두 쓰레기통에 처넣었다. 파바로티의 사진과 파바로티의 책도 모두 집 밖으로 던져 버렸다. 파바로티를 머릿속에서 지워 버리기 위해서는 어쩔 수 없었다.

"파바로티 선생님, 안녕!"

괴물이 된 폴

나의 외모만 보고 무시할 땐 정말 슬펐어요.
그래도 절망하지 않고 기회를 찾아다녔죠.

폴이 열네 살 되던 해였다.

지난번 장필사르 선생님의 방문 이후로 파바로티와 담을 쌓고 지내던 폴은 머리가 복잡했다. 그래서 합창단 연습 말고는 아무것도 하지 않았다.

그날도 폴은 합창단 연습을 위해 학교로 가는 중이었다. 늦잠을 잔 탓에 좀 늦었다. 걸어가면서 폴은 자신에게 희망이 있을까, 하고 수도 없이 되물었다. 희망이 있다면 과연 어떤 희망일지 길을 가다가 아무에게나 물어도 보고 싶을 정도였다.

'제길!'

미래가 없는 아이, 자신에게 두 번 다시 기회가 오지 않을 것이라고 믿는 아이들은 불평을 늘어놓기 마련이었다. 불평은 항상 머릿속에서 거머리처럼 득실거리고, 그래서 항상 머리는 나쁜 기억들로 복잡했다. 그날 폴이 그랬다. 머리가 아플 정도로 복잡해서 제대로 걸을 수도 없었다.

그랬던 폴이 뛰어가다가 길가에 내놓은 건축 자재에 부딪혔다.

퍽!

폴은 길가에 나뒹굴었다. 수천 마리의 벌이 자신을 향해 달려오는 착각이 들었다. 귓가에 벌레 소리가 윙윙거리더니 뜨거운 것이 입술을 적셨다. 입에서 피가 났다. 또 엉덩이를 들 수 없을 정도의 통증이 있었다. 세상이 딱 멈춘 것 같은 느낌에 폴은 손가락 하나 움직일 수 없었다. 순간, 폴은 파바로티의 비행기 사고가 떠올랐다. 그래서 입을 만져 보았다. 이가 부러지고, 흔들렸다. 아주 짧은 순간이지만 엄마와 아빠, 그리고 형의 얼굴이 떠올랐다가 금세 사라졌다. 선생님과 같은 반 아이들도 생각났다. 이들은 금방 나타났다가 사라졌고, 파바로티가 오랫동안 머릿속에서 폴을 내려다보는 것 같았다. 왜 이러지? 고통 속에서도 폴은 이러다가 노래를 못 부르는 건 아닌지 걱정이 되었다. 그래서 폴은 옷을 찢어 입술에 물었다. 그리고 일어서려고 손을 바닥에 짚었다. 그런데 입에서 흐르던 피가 바닥에 흥건히 고여 있었다. 또 허리가 주워 온 나무토막처럼 말을 듣지 않았다.

하늘이 노랗게 물들고 있었다.

길을 지나가던 차들이 근처에서 브레이크를 밟는 소리가 들렸다. 우르르 사람들이 폴을 향해 뛰어오는 소리도 들렸다. 그리고 어떤 사람이 폴을 내려다보고 있었다.

"애야, 일어날 수 있겠니?"

폴은 가만히 있었다.

"119에 전화를 해야겠군."

조금 뒤, 구급차가 왔다.

폴은 자신이 얼마나 많이 다쳤는지 궁금했다.

"어떻게 된 거죠?"

"글쎄……."

병원에 도착한 폴은 응급실로 실려 갔다. 거기서 응급치료를 받은 후, 엑스레이 촬영이 있었다.

형과 엄마가 급히 달려왔다. 폴의 얼굴은 엉망이 되어 있었고, 엉덩이도 움직일 수 없었다.

"어쩌다 그랬니?"

병실에 누워 있는 폴에게 엄마가 물었다.

"걸어가다가……."

"그러니까 내가 뭐라고 했니? 길을 갈 때는 정신 똑바로 차려서 가라고 했잖아. 입으로는 노래를 부르고, 머리는 이상한 거 생각하고, 그러니 발인들 정신이 있겠어?"

엄마가 야단을 치는 데에는 다른 이유가 있었다. 병실로 들어서면서 접수처에서 벌써 병원비 이야기가 있었기 때문이었다. 병실을 하루만 사용하는데도 꽤 많은 돈을 내야 했다.

"괜찮아요. 전 괜찮다니까요."

폴은 병원 침대에서 일어서려고 했다.

의사가 들어왔다.

"어떻게 된 거죠?"

엄마가 의사에게 물었다.

"건축 자재에 부딪히면서 앞니와 얼굴을 다쳤어요. 이를 뽑아내고 새로 교정을 해야 하고, 또 엉덩이에 있는 치골이 흔들려 수술을 하지 않으면 자세가 엉거주춤하게 됩니다."

"집에서 치료할 수 없나요?"

"집에서요?"

의사가 엄마를 뚫어져라 쳐다봤다.

"네."

"크게 다친 것은 아니지만……, 계속 치료받지 않으면 원래대로 돌아갈 수 없습니다."

의사는 집에서 회복은 불가능하다고 말했다. 그대로 놔두면 이는 제멋대로 자랄 것이고, 엉덩이 치골도 제멋대로 자랄 것이라고 경고했다.

"애 아빠랑 상의해서 말씀드리겠습니다."

엄마는 의사의 경고에도 귀를 기울이지 않았다. 엄마가 할 수 있는 것은 두 아들 몰래 화장실에서 눈물을 훔치는 것뿐이었다.

학교에서 선생님과 줄리앤이 찾아왔다. 선생님은 꽃을 사 왔고, 줄리앤은 책을 한 권 가지고 왔다. 『보첼리』라는 책이었다. 선생님은 줄리앤이 필기를 해 둘 테니 치료가 끝나면 학교로 오라고 말했다.

그날 밤, 늦게 오신 아빠와 엄마는 병원 복도에서 오랫동안 이야기를 나눴다. 버스 회사가 파업하는 바람에 급히 돈을 구할 수 없다는 말이었다. 엄마도 잘 알고 있는 이야기였다. 가난한 형편 때문에 치료를 못 받는다는 말을 차마 폴에게 할 수 없었다.

"엄마, 집에 갈래."

형의 부축을 받으며 폴이 복도로 걸어 나왔다. 절뚝거리는 폴이 엘리베이터 앞에서 싱긋 웃고 있었다.

"내일까지만이라도 병원에 있어."

"아냐. 집에 가서 누워 있으면 괜찮아질 거야."

폴은 살랑살랑 고개를 흔들었다.

"나중에 딴소리 하는 거 아냐?"

형이 말했다.

"형이나 그러지."

엄마와 아빠가 보기에는 큰 문제가 없는 듯했다. 겉으로 보기에는 그랬다.

"폴, 집으로 가자. 병원에 있으면 오히려 병을 키울 수 있어. 세균이 워낙 많아서……."

이때까지만 해도 가족은 폴의 앞날에 그날의 사고가 얼마나 큰 영향을 미칠지 알지 못했다. 겉으로 보기에는 단순한 사고였다.

"네."

폴은 택시를 타고 집으로 왔다.

침대에 누워 있으니 통증이 밀려왔다. 통증은 허리에서 왔다. 치료를 받지 않으면 엉덩이에 있는 치골이 엉망으로 자랄 것인데도 폴은 미래 같은 건 생각하지 않았다. 안 봐서 모르지만, 미래에도 형편이 나아질 거라고 보지 않았다. 가난은 눈으로 볼 수 없지만, 가난은 항상 사람 곁에 붙어서 괴로움을 주는 귀신이었다.

폴은 하루에 거울을 다섯 번씩 봤다. 점점 일그러지는 얼굴을 거울에 기록이라도 하듯, 폴은 매일매일 변해가는 자신의 얼굴에게 말을 걸곤 했다.

"어제보다 더 못생겼잖아. 괴물이 되어가는걸?"

이렇게 말은 했지만, 폴은 슬펐다. 어쩌면 다시 학교에 돌아갈 수 없을 것 같기도 했다. 이는 부러지고 이상하게 자라서 꼭 케이오 당한 복싱선수 같았고, 엉덩이는 화장실이 급해 어쩔 줄 모르는 강아지 꼴이었다.

"브리스톨에서 가장 못생겼던 내가 이제 영국에서 제일 못생긴 아이가 되었구나. 축하한다!"

절망은 복잡했다. 아니, 머리가 복잡한 게 절망인지 모르는 일이었다.

갈피를 잡을 수 없었다. 노래를 부르는 건 사람들의 뒤가 아니라 앞인데, 사람들 앞에 나설 수 있는 얼굴과 몸이 아니었다. 지난 시절 가난으로 괴로워했던 것은 그나마 좋은 시절의 추억이었다. 신문 배달과 간절한 기도로 충분히 마음이 놓이는 수준이었으니까.

그러나 거울에 등장한 흉측한 폴은 우유 배달도 할 수 없는 얼굴이었다.

폴은 며칠 동안 학교에 가지 않았다. 교회에도 가지 않았다. 텅 빈 방에 누워 창밖으로 자신을 방에 내버려 둔 채 흘러가는 구름을 구경하고 있었다. 비를 뿌려 강에 물을 채우고, 더위를 식혀주기도 하면서 때론 바람을 몰고 와서 지붕을 들

썩이게 만드는 구름. 영국 사람들은 그 구름이 무서워 우산을 들고 다니기도 하고, 휴가를 내어 구름이 없는 먼 곳으로 가기도 했다.

폴은 구름의 감시를 받는 듯했다. 창문으로 본 하늘에는 매일매일 구름이 걸려 있었고, 그 구름은 언제라도 비를 뿌릴 태세였다. 비는 슬픔의 결정체. 폴은 하늘에 떠 있는 구름의 지배를 받기로 했다. 자신을 무겁게 하는 것, 자신을 슬프게 하는 것, 자신을 더는 밖으로 나가지 못하게 하는 것, 자신을 많은 사람 앞에 서지 못하게 하는 건 저 구름 탓인데, 흔쾌히 받아주기로 했다.

그래서 집에 있는 사물들을 고쳤다. 오디오에 새 건전지를 넣고, 멈춘 시계도 다시 살려 놓고, 말라 죽어가던 화분에 물도 줬다. 삐거덕거리던 소파를 고쳐보기도 했고, 깨졌던 식탁 유리에 테이프를 붙여 놓기도 했다. 책장에 꽂혀 있던 책들을 몽땅 방에 널브려 놓고는 걸레로 한 권씩 닦으며 책장을 정리하는 일도 마다하지 않았다.

"이 방에서 같이 오랫동안 잘 살아보자구."

책장에 꽂혀 있던 책 중에는 줄리앤이 병원에 가지고 왔던

『보첼리』라는 책도 있었다. 파바로티를 잊기 위해 오디오 건전지를 빼버리고, 파바로티를 잊기 위해 영국 동요를 외우던 폴이었다. 이런 폴에게 새로운 유명 성악가가 집으로 초대된 것이었다.

"안녕하세요."

폴은 방바닥에 『보첼리』 책을 놓고 인사를 했다. 한번 빠지면 닮아버리고 마는 자신을 생각할 때, 약간의 거리를 두기 위해 인사를 한 것이었다.

안드레아 보첼리. 그는 1958년 9월 22일, 이탈리아 농촌 지역인 투스카니에서 포도와 올리브를 키우는 작은 농가에서 태어났다. 농촌이라 음악 교육에 많은 어려움이 있었음에도 보첼리의 부모님은 그를 여섯 살 때부터 피아노 레슨을 받게 했고, 이후에는 플루트와 색소폰을 가르쳤다. 그러는 중에 보첼리는 유독 오페라 아리아에 많은 관심을 보였다. 그러던 보첼리는 불행하게도 열두 살 때 친구들과 축구를 하다가 머리를 부딪쳐 두 눈을 잃게 되었다. 하지만 보첼리는 이런 비극이 자신의 삶에는 큰 영향을 줬다고 생각하지 않았다. 보첼리는 피사 대학에 진학하여 법률을 전공했다. 그리고 법학 박사 학위를 취득하고 다시 노래를 부르기 전까지 몇 해 동안 법정 선임 변호사로 활약했다. 그러나 음악에 대한 그의 열정은 남다른 것이었다. 이를 실현하기 위해 전설적인 테너 프랑코 코렐리를 찾아가 그의 문하생이 되었다.

☆

보첼리에 관한 책을 다 읽은 폴은 파바로티를 처음 알았을 때보다 흥분하지 않았다. 차분하게 보첼리의 삶을 되돌아보았다. 창문 밖 구름을 보면서 눈이 먼 보첼리를 상상했다. 눈앞의 모든 게 어둡게 보이고, 눈앞은 모두 절벽이었던 보첼리. 그런 보첼리가 세계적인 성악가가 되다니.

폴은 수건으로 눈을 가리고 집 안을 이리저리 돌아다녔다. 발에 문턱이 걸려 넘어지기 일쑤였고, 벽에 이마가 부딪히기도 했다. 눈을 가리고 파바로티의 음악을 들어봤다. 홍수가 든 강에 햇빛이 비치면서 물이 조금씩 포도농장으로 스며드는 것 같은 기분이 들었다. 그것은 기분뿐이었다. 그것을 눈으로 보지 못한다는 게 얼마나 큰 불행인지 폴은 깨달았다.

"보첼리……."

자신의 운명에 구름이 낀 것이라고 생각했던 폴은 돌을 주워 구름을 향해 던졌다. 그렇게까지 해서라도 폴은 자신의 운명을 되돌리고 싶었다.

폴은 당장 대문을 나섰다. 피쉬폰드에서 브리스톨 시내까지 천천히 걸었다. 사람들이 자신만을 쳐다보리라 생각했는데 예상과는 달리 사람들은 폴에게 관심조차 없었다. 길거리에는 폴만큼 못생긴 사람도 많았다.

"보첼리 음반 있나요?"

폴은 레코드 가게에 갔다. 당장 음반을 사기에는 돈이 없었다. 그래서 폴은 가게 주인에게 부탁하여 길에서 들을 테니 보첼리의 노래를 들려줄 수 있냐고 물었다. 가게 주인은 흔쾌히 보첼리의 노래를 들려주었다.

책에서 만난 보첼리가 브리스톨 시내에 있는 것 같은 착각이 들 정도였다.

새들이 날아오르고, 항구에서 뱃고동이 울려 퍼졌다.

"여기서 뭐 하니?"

첼시였다.

"아, 그게……, 금방 집에서 나와서……."

"사고 났다는 거 순전히 거짓말이구나. 내가 이럴 줄 알았어."

"진짜야, 잠시 노래 들으러 나온 거라니까……."

"노래는 듣고 싶은데, 학교는 오고 싶지 않다는 거잖아. 선생님에게 다 말할 거야. 이 거짓말쟁이야."

아무도 자신을 못 알아볼 거라는 폴의 생각은 보기 좋게 빗나가고 말았다.

"거짓말쟁이가 아니야. 첼시, 내 말 좀 들어 봐."

첼시는 콧방귀만 끼고 가 버렸다.

☆

다음 날, 폴은 학교에 갔다. 책상에 앉아 창밖을 구경했다. 구름 한 점 없는 맑은 날이었다.

"어이, 거짓말쟁이!"

반장 게릭이 교실로 들어서면서 외쳤다.

"거짓말쟁이 아니래도."

"첼시가 이야기 다 해 줬어. 멀쩡하게 브리스톨 시내를 돌아다닌 거."

"아냐."

"아니면 병원을 탈출한 거야? 네가 탈출한 원숭이야?"

게릭이 폴을 쳐다봤다. 이가 부러진 폴, 엉덩이는 할머니
처럼 엉거주춤했다.

"거짓말쟁이가 아니면 프랑켄슈타인 박사가 만든 괴물이
니?"

"뚱보에 땅딸보!"

교실로 들어서던 첼시도 거들었다.

"저 모양으로 다시는 노래를 부른다고 말 못 할걸. 저런 모
습으로 사람들 앞에 서면 다들 기절할 거야. 아니지. 산으로
도망갈걸. 우리야 참을성이 많으니 그냥 봐주는 거지만."

폴이 괴물이 되어 나타났다는 소문은 아주 빠르게 퍼졌다.
교실 밖에서 소문을 들은 줄리앤도 달려와 폴을 쳐다보았다.
소문대로 폴은 괴물이 되어 있었다.

"제대로 치료는 받은 거야?"

마르샤가 근심 어린 얼굴로 폴에게 말했다.

"아니."

"그러면? 그동안 어디에 있었는데?"

"집."

"세상에."

마르샤는 한숨을 푹 내쉬었다. 합창부에서 노래 부를 수나 있을까 걱정도 되었고, 이런 폴을 성가대에서도 받아줄지 의문이었다.

"고마워."

줄리앤이 폴 옆에 앉자 폴이 이렇게 말했다.

"뭐가 고마워?"

"보첼리."

"아, 그 책?"

줄리앤이 방긋 웃었다.

"우리 집에 보첼리 음반이 있는데, 갖다 줘?"

"많아?"

"응. 우리 엄마가 좋아하시는 성악가거든."

"하나만 줘."

"그래, 내일 갖다 줄게."

아이들이 괴물이라고 놀려도 줄리앤과 선생님은 폴을 놀

리지 않았다. 폴이 다쳐서 교실에 나타난 이유를 잘 알고 있기 때문이었다.

방과 후, 폴은 줄리앤과 집으로 갔다. 보첼리의 음반을 얻은 폴은 집으로 뛰어와서 보첼리의 노래를 들었다. 길에서 듣던 보첼리를 집으로 모셔온 것 같았다.

"역시!"

지그시 눈을 감은 채 노래를 들었다. 그동안 노래를 부르지 않았던 폴에게 보첼리는 다시금 폴의 몸 안에 불을 지피고 있었다. 지난번 장필사르 선생님 앞에서의 수모를 씻을 방법을 찾고 싶었다. 그 방법이 무엇인지 폴은 눈을 감고 생각했다. 자신만의 특별한 발성법이 필요했다. 파바로티의 모방이 아니라 자신만의 발성법! 폴은 혼자 악보 보는 법을 익혔다. 그리고 악보를 놓고 노래를 부르기 시작했다.

다시 항구로 갔다.

갈매기들을 불러 모으지는 않았다. 건너편 항구에 있는 사람들에게 박수를 받기 위해 노래를 부르는 것도 아니었다. 자신의 노래가 파도에 휩쓸려 들어가면서 사라지는 것을 소리로 느낄 뿐이었다. 솟아오르고, 뛰어오르는 노래가 아니었다.

깊은 바다에 사는 물고기들이 오랜만에 수면으로 올라와 공기를 마시면서 토해낼 소리들. 몸속 깊은 곳에서 울리는 소리들. 한 영혼이 다른 영혼에게 말을 거는 노래가 되어야 한다고 폴은 생각했다.

하지만 항구에 나가서 노래를 부르면 부를수록 폴의 몸은 고장 난 기계처럼 삐거덕거렸다. 그리고 차마 폴에게 와서는 안 될 일이 벌어지고 말았다. 그것은 첫 번째 사고로부터 사년 뒤에 일어났다.

시련의 연속

교통사고, 수술, 빚 등으로 힘들었음에도
음악을 포기하지 않은 이유는
여러 가지 힘든 일들이 많았지만,
언젠가는 나에게도 절호의 기회가 올지도 모른다고 생각했다.
그 '희망'이 지금까지 나를 지탱해준 힘이 됐다.

"들려?"

"폴, 내가 누군지 알아보겠어?"

폴은 길을 걷다가 자동차에 치여 병원으로 실려 왔다.

폴의 가족들이 폴을 내려다보고 있었다. 벌써 사흘이 지났
지만, 폴은 의식이 없었다. 폴에게 왜 이런 일이 자꾸 생기는
지 가족들은 걱정이 태산 같았다.

"엄마……."

폴이 눈을 떴다.

"그래, 이놈아. 어쩌다가 이러냐. 응?"

폴은 A-레벨Level 1년 과정에 있었다. 대학에 진학하려던 폴과 가족에게는 큰 충격이 아닐 수 없었다.

영국에서는 중학교부터 대학 진학을 위해 준비를 했다. 그 준비는 열여섯 살에 치러지는 GCSE 시험이었다. 이 시험을 마쳐야 대학 입학 준비반이라는 A-레벨 과정에 들어가게 되고, 2년 과정을 마치면 성적에 따라 대학에 들어간다.

"사고 나는 걸 본 사람들은 네가 죽는 줄 알았대."

형이 말했다.

"무슨 정신으로 사니? 차가 안 보였던 거야?"

"아니."

"그러면?"

"……."

폴은 말하지 않았다.

가족들은 폴의 말을 듣지 않아도 잘 알고 있었다. 노래였다. 가난한 집에 태어난 폴은 여느 가정 자식들과는 달랐다. 자기가 원한다고 모두 이뤄지는 게 아니라는 걸 깨달은 것이다. 노래를 부르고 싶다고 한들 폴에게 주어지는 건 넓은 공터와 교회 성가대, 학교 합창단이 전부였다. 그에게 또 다른 교육이란 있을 수 없었다. 그래서 폴은 매일 노래를 흥얼거리거나 노래를 암송하며 걸어 다녔다.

"집에 가……."

눈을 뜬 폴은 주섬주섬 옷을 챙겨 입었다.

그것을 본 의사는 고개를 절레절레 흔들었다.

"이번에는 다른 곳도 아닌, 척추야. 척추가 잘못되면 어떻게 되는지 아니? 허리가 오징어처럼 휘어서 정상적인 생활이 힘들게 돼. 그래도 좋으니?"

더 나빠질 건 없었다. 그래서 폴은 흔쾌히 퇴원하기로 하고 사인을 했다.

집으로 돌아온 폴은 처음으로 포기라는 말을 했다. 이제는 노래를 부를 수 없다고 폴은 엄마와 아빠에게 말했다. 거울에 등장한 폴은 자신의 눈으로 봐도 괴물이었다.

"괴물은 사고를 먹고 쑥쑥 잘도 크는구나."

몇 달 동안 폴은 집 밖으로 나올 수 없었다. 많은 친구는 아니었지만, 줄리앤과 선생님이 찾아오곤 했다. 아빠가 버스에 폴을 태우고 항구 쪽으로 가서 낚시를 했고, 교회 성가대에서 몇몇 아이들이 집으로 와서 찬송가를 불러주고 갔다. 희망은 쉽게 부러지지 않는 것이라는 말도 폴에게 주고 간 선물 중의 하나였다.

그렇게 봄이 갔다.

여름이 왔고, 잔뜩 몰려온 구름을 보며 흐르는 계절 속에 자신이 있다는 걸 알았다. 여름이 지나면 다시 학교에 가야 할 폴이었다. 고등학교를 졸업해야 했다.

"학교에 가야 해요."

7월에 접어들어 폴은 자주 침대에서 일어났다. 학교에 가기 위해서였다. 그러나 가방을 든 순간 다시 쓰러졌다. 지난번에는 치골이 어긋나서 구부정하게 걸었는데 이번에는 척추가 다쳐서 제대로 서 있기조차 힘들었다.

"포기하자!"

출근하기 위해 거실에 나와 있던 엄마가 외치듯 말했다.

"뭘요?"

"대학."

"안 돼요. 대학은 꼭 가야 해요. 대학에 가야 그나마 사람 구실 하고 살 수 있을 거예요. 엄마, 저는 정상이 아니에요.

제발……."

엄마도 모르는 게 아니었다.

하지만 저런 몸으로 다시 학교에 간다면 이후에 또 어떤 일이 생길지 모르는 일이었다. 더 큰 사고가 폴을 기다리고 있다면 큰일이 아니겠는가.

☆

늦여름, 종일 비가 내리던 날이었다. 누가 초인종을 눌렀다. 폴은 그날이 어떤 날인지 알지 못했다. 목발을 짚고 문을 열었다. 줄리앤이 서 있었다.

"안녕."

그날은 고등학교 졸업식이 있던 날이었다. 우산을 받쳐 든 줄리앤은 학사모에 까만 원피스를 입고 서 있었다.

"졸업식이었구나."

폴이 기어들어가는 목소리로 말했다.

"응."

"들어와."

폴과 줄리앤은 거실에 마주 앉았다.

"음악을 안 듣나 보네."

"응, 답답해서……."

폴은 줄리앤의 방문을 어느 정도 예상하고 있었다. 그것은 고등학교를 졸업하고 런던에 있는 대학으로 진학을 하기 위해, 마지막 인사라는 것.

"넌 참 노래를 잘 부르는데, 세상이 널 가만히 내버려 두지 않는구나."

"내가 세상을 내버려 두지 않는 거야."

두 사람은 오랜만에 크게 웃었다.

"다음 학기에는 수업 들을 수 있는 거지?"

줄리앤이 물었다.

"응."

"일 년인데 뭐. 금방이야."

"그래, 일 년……."

폴은 답답했다.

교통사고를 당해 다시 마지막 학년을 다녀야 하는 것도 답답한 노릇이었지만, 줄리앤과 떨어져 보내야 하는 게 폴을 더 답답하게 만들었다.

"대학에 가서도 널 응원할게. 난 너의 영원한 팬이잖아."

"고마워."

"내가 곁에 없더라도 노래는 계속 불러야 해. 내가 아는 폴은 세계에서 제일가는 성악가야. 알지?"

"응."

"갈게."

줄리앤이 침대에 꽃을 놓아두고 현관에 섰다. 폴의 기분으로는 줄리앤을 곁에 잡아두고 싶었다. 그러나 거울 속에 비친 자신의 모습을 폴은 잘 알고 있었다. 캄캄한 동굴 같은 곳에 숨어 사는 곰, 폴이었다. 줄리앤마저 이런 캄캄한 동굴에 묶어둘 수 없었다.

"잘 가, 줄리앤!"

줄리앤이 간 뒤 폴은 한동안 침대에서 일어나지 못했다. 시간이 흐를수록 어떤 긴 터널 속을 여행하는 기분이었다. 파바로티의 노래를 부르고, 방학이면 아르바이트를 한 돈으로 음반을 사서 듣고, 교회 성가대에서 주말 내내 노래를 불러도 가슴이 답답하면서 점점 깊어가는 수렁 속으로 들어서는 기분. 폴은 줄리앤의 뒷모습을 보며 모든 게 끝나는 기분이었다. 영원한 자신의 응원 부대, 영원한 자신의 팬, 영원한 자신의 후원자가 이제 떠난 것이었다.

☆

줄리앤이 대학에 입학하던 날, 폴은 다시 학교로 갔다. 가을바람이 스산하게 불던 날이었다.

교실 문을 열자 처음 보는 아이들이 폴을 쳐다봤다. 그때, 폴은 숨이 턱 막혔다. 줄리앤도 선생님도 없었다. 자신을 그렇게 괴롭히던 첼시도 없었다. 몇몇 합창단에서 본 후배들이 폴에게 아는 체할 뿐, 아무도 폴에게 말 상대를 하지 않으려 했다.

폴은 수업 내내 책상에 엎드려 있었다. 허리가 아파 몸을 일으킬 수 없다고 핑계를 댔지만, 정작 폴이 아파한 것은 자신을 이 교실에 남겨 두고 떠난 친구들 때문이었다.

"합창단에 왜 오지 않니?"

수업을 마치고 집으로 가는 길에 합창단 선생님을 만났다.

"그냥요……."

"이제 노래는 안 부를 거니?"

"네."

폴은 주저하지 않았다.

"왜?"

"지쳤어요."

"누가? 폴, 네가?"

"네."

선생님은 한숨을 내쉬었다.

"성가대도 안 갈 거니?"

"네."

말은 이렇게 했지만, 교회를 안 가겠다고 생각하지는 않았다. 건축 자재에 부딪혀 이를 다치고, 치골이 상했어도 교회는 꼭 갔던 폴이었다. 교통사고로 척추가 무너져 내려도 교회에 가서 기도했던 폴이었다. 그런데 폴은 선생님 앞에서 거짓말을 했다. 성가대에 가지 않겠다고. 이렇게 말을 한 것은 하늘에 있다는 하나님이 미워서였다. 한 번의 기회를 주고, 한 번의 고통을 주는 하나님이었다. 달콤한 희망을 주고, 또 슬픈 현실을 몸에 익히도록 하는 하나님이었다. 하나님에게 기도하면 할수록 희망과 고통이 동시에 일어났다. 폴은 그것이 싫었다. 새로 꿈을 꾸느니 아예 버스 운전사인 아빠처럼 평범하게 살고 싶었다. 장필사르 선생님의 말씀대로 자신보다 훨씬 노래를 잘 부르는 친구들이 영국에는 얼마든지 있었다.

폴은 언덕 쪽으로는 눈도 돌리지 않았다. 옥상 같은 데는 올라가지도 않았다. 가을이 지나고 겨울이 되어서도 노래를 더 듣지 않았다. 귀를 닫고 눈을 감고 살았다. 간혹 형이 영화 CD를 빌려 오면 같이 볼 뿐이었다. 주말이면 교회에 나가서 제일 뒷자리에 앉아 기도했다. 가족의 건강과 자신을 괴롭히는 지긋지긋한 고통을 덜어달라는 기도였다. 그것만 하나님이 들어준다면 자신은 구두 수선을 해서라도 평범하게 이 도시에서 살겠노라 약속했다.

그해 겨울에는 유난히 눈이 많이 왔다.

눈이 올 때마다 폴은 창밖으로 시선을 둔 채 누군가를 기다렸다. 줄리앤이었다. 한 번쯤, 자신을 찾아와 런던 생활이 너무 재미가 없다며 투덜거릴 것으로 생각했다. 그러나 줄리앤은 그해 크리스마스 방학이 되어도 오지 않았다.

봄이 지나고 부활절 방학이 와도 줄리앤은 자신의 고향이

자 폴이 살고 있는 웨일스에 오지 않았다. 가난하고 더러운 동네, 피쉬폰드. 개발되어 곳곳에 골프장이 만들어지고 대학교도 생겼지만, 런던에 비교할 수 없는 시골이 분명했다.

공주는 잠 못 이루고

누구에게나 재능이 있지만
사람들은 자기 능력을 과소평가합니다.
나를 보세요.
당신은 충분히 할 수 있습니다.

일 년 늦게 잉글랜드 데번주 플리머스시에 있는 플리머스 대학에 입학했다. 폴은 그곳에서 철학, 신학, 영화, 텔레비전을 공부했다. 사고로 일 년 동안 누워 있으면서 폴은 조용히 삶을 들여다보는데 부쩍 관심을 가졌다. 신과 인간과 자연에 대한 관심. 나는 어디에서 왔으며, 장차 어디로 갈 것인가, 하는 의문은 폴을 오랫동안 책 속에 파묻혀 살게 했다. 노래와는 전혀 관계가 없는 쪽에 폴은 서 있었다.

그러면서도 폴은 텔레비전에 촉수 하나를 던져놓았다. 영화와 다르게 텔레비전은 집마다 있고, 드라마나 노래가 어떤 경고도 없이 무단으로 집을 향해 쏜살같이 달려가는 이 사회. 이 사회에 없어서는 안될 텔레비전을 연구했다.

대학이라고 별반 다르지 않았다. 사람 사귀는 일이 쉽지 않던 폴은 항상 혼자였다. 형과 여동생이 있었지만, 관심 분야가 크게 달라 잘 어울리지 않았다. 같이 학교에 다녔던 친구들도 모두 런던으로 떠났기에 폴은 그야말로 혼자가 된 셈이었다.

무미건조한 시간이 흘렀다. 그 시간의 끝에, 1993년, 폴은 대학을 졸업했다. 남들보다 앞서지도 남들보다 뒤처져 허우적거리지도 않았다. 적당하게 졸업을 한 폴은 바삐 서류를 챙겨 취직자리를 알아봤다.

대학에서 취직자리를 주선해 주기도 했다.

멀쑥하게 차려입은 폴은 일주일에 네 번 정도 면접을 보러 갔다.

"어린 시절에는 노래를 꽤 잘 불렀군요. 상도 많이 받았는데, 어떻게 여기에 계시군요. 만나 뵙게 되어 반가웠습니다."

면접관이 폴에게 인사치레로 하는 말은 매번 이런 말이었다.

"여기서 노래를 한 곡 불러 보실래요?"

이 말은 폴이 신학 계통의 어느 출판사에 갔을 때 들었던 말이었다. 노래와 출판은 아무런 상관이 없었다. 그런 곳에서 노래를 부르라니! 바로 문을 박차고 나올 수밖에 없었다.

그 밖에 다른 곳에서는 면접에서 어떤 말도 듣지 못하고 낙방했다. 폴이 문을 열고 들어서자마자 면접을 보기 위해 의자에 다리를 꼬고 앉아 있던 사람들이 화들짝 놀라 모두 일어났다.

"괴물이 왔네."

졸업하고 두 달이 지나도록 폴은 취직이 안 되었다. 면접을 더 보지도 않았다. 지친 폴이 매일 침대에 누워 있는 것을 본 엄마가 거실로 폴을 불렀다.

"네가 하고 싶은 일이 뭐니?"

"없어요."

"하고 싶은 일이 없다니. 그러면 면접은 왜 보니?"

"돈을 벌기 위해서 취직을 하려는 겁니다. 내가 하고 싶은 일은 없어요."

꿈이 망가진 폴이었다. 고장 난 기계처럼 철커덕 철커덕 걸어 다닐 뿐, 속 깊은 곳에 뭐가 있는지 가족도 누구도 알지 못했다.

"엄마랑 같이 일해 볼래?"

"할인점에서?"

"응."

"좋아요."

엄마의 제안에 폴은 주저하지 않았다. 그 누구도 아닌 엄마가 하는 일이었다. 아주 어릴 적부터 쭉 지켜본 일이었다. 폴은 자신에게 돌아올 기회란 없고, 할인점에서 일하는 것이 자기에게 주어질 마지막 기회라고 생각했다. 생각해 보면 겸손한 선택일 수 있었지만, 그 당시 폴로서는 어쩔 수 없는 선택이었다.

다음 날부터 폴은 할인점에서 일했다. 상품이 할인점으로 들어오면 트럭에서 물건을 내려 할인점에 진열하는 일이었다. 엄마의 말대로 큰 어려움은 없었다. 다른 일을 했을 때보다 폴은 오히려 좋다고 말했다. 사무직이 아니라서 집에 오면 생각할 여유가 있었다.

폴은 할인점에서 오랫동안 일했다. 다른 일에는 별로 관심이 없었다. 여동생이 대학에 입학했고, 아빠가 버스 운전을 그만두었다. 어느새 집안 살림은 폴이 감당해야 했다. 나이가 들어서 주위에서 결혼 이야기를 꺼내기도 했다. 그때마다 폴은 줄리앤을 떠올리곤 했다. 주말이면 교회에 갔다가 오는 길에 줄리앤이 살던 집을 지나쳐 오기도 했다. 오래전에 이사를 떠난 터라 줄리앤이 그 집에 돌아올 리가 없었다.

☆

시간은 빠르게 지나갔다.

1999년, 폴이 스물여덟 살 되던 해에 할인점 근처에서 큰 이벤트가 있었다. 노래자랑이었다. 여기서 우승하면 큰 상금을 준다고 했다. 폴의 노래 실력을 잘 아는 여동생이 적극적으로 추천했다.

"장난삼아 한번 해보는 거야. 떨어지면 며칠간 부끄럽지만 우승하면 큰돈을 벌잖아."

십 년 이상 폴은 노래와 담을 쌓고 지냈다. 사고로 몸은 망가져 있었고, 자기에게 날아온 희망들은 모두 고장 난 라디오와 같았다. 특히 노래자랑은 돈을 벌기 위해 노래를 불러야 하는 것. 지하철 입구에서 노래를 부르며 돈을 구걸하는 거지와 다를 바 없었다.

고민하던 폴의 머릿속을 빠르게 지나가는 게 있었다. 바로 파바로티와 닮았다던 장필사르 선생님의 말씀이었다. 정말 자신이 파바로티와 닮았는지 궁금했다. 장난기가 발동한 폴은 파바로티의 분장으로 노래자랑에 나갈 생각에 친구 마르샤에게 전화했다.

"같이 노래자랑에 나가보자."

"노래자랑? 너, 미쳤냐?"

마르샤의 이런 반응은 폴이 충분히 예상한 것이었다. 노래를 생명처럼 알고 있는 폴이 난데없이 자기랑 노래자랑에 나가자고 하는데 안 놀랄 마르샤가 아니었다.

"집안에 무슨 일 있어?"

마르샤는 은근히 폴이 걱정되었다. 혹 무슨 일이 생긴 건 아닌지.

"일은 무슨. 그냥 한번 나가보고 싶어서. 정말 파바로티와 닮았는지 확인도 해볼 겸."

"그래? 그러면 나야 좋지. 나가보자."

☆

폴은 친구 마르샤와 노래자랑에 나갔다.

파바로티 복장으로 출전한 노래자랑에서 폴은 단연 돋보였다. 복장도 복장이었지만 노래 실력은 그곳에 참여한 많은 사람의 귀를 의심케 했다. 누구는 정말 파바로티가 온 게 아닌가 싶어 무대 아래로 슬금슬금 내려가 보기도 했다.

"1등은 폴 포츠……."

운이 좋았던 것일까.

폴과 마르샤는 많은 경쟁자를 물리치고 당당히 1등을 했다. 기분 좋게 출연자 대기실을 빠져나가는데 야구 모자를 쓴 사람이 다가왔다.

"축하드립니다."

"감사합니다."

폴은 꾸뻑 인사를 했다.

"코미디언 미첼 베리모어의 텔레비전 프로그램에 나가 보는 게 어떻겠습니까?"

"제가요?"

폴은 크게 웃었다.

파바로티 분장을 해서 노래자랑에서 1등은 했지만, 텔레비전에 나간다는 건 정말 웃기는 일이라고 생각했다. 텔레비전에 자신이 나오면 시청자들이 못생긴 괴물이 나왔다며 채널을 돌려 버리거나 텔레비전을 향해 돌을 던질 거라고 생각했다.

"그 정도 실력이면 충분히 1등을 할 수 있을 것입니다. 그 프로그램은 상금도 16,000파운드입니다. 도전해볼 만하지 않습니까?"

야구 모자를 쓴 사람이 폴에게 명함을 내밀었다. 명함에는 코미디언 미첼 베리모어의 텔레비전 프로그램 '마이 카인드 오브 뮤직'의 피디 리처드 벤슨이라고 되어 있었다.

명함을 받아들고 집으로 간 폴은 화부터 냈다. 어린 시절에 아이들이 자신을 향해 뚱뚱한 원숭이라고 놀렸는데, 정말 원숭이가 된 기분이었다. 못생기고 뚱뚱하고, 온몸에 상처투성이인 자신이 성악을 한다는 게 사람들에게는 싸구려 노래를 부르는 사람으로 취급 받는다는 것에 화가 났다. 그리고 파바로티로 분장해서 노래를 불렀다는 것 또한 폴을 갈등에 빠뜨리게 했다. 자신은 없고 파바로티로 분장한 모습만 남아 있는 노래자랑 대회 사진은 폴이 자신감을 잃을 만했다.

다음 날, 폴은 작업복으로 갈아입고 다시 할인점으로 갔다. 마르샤가 술에 취해 할인점 앞에서 폴을 기다리고 있었다.

"마르샤! 여기서 뭐 해? 아직 집에 안 들어간 거야?"

폴의 말에 마르샤는 대꾸도 하지 않았다.

이리저리 비틀거리던 마르샤가 폴을 쏘아봤다.

"뭐가 두려워?"

"두렵다니?"

"두려운 게 없다면, 도전해!"

"코미디 프로에?"

"당연하지. 우린 세계 최강의 프로 가수들이잖아."

"난 코미디언이 아니라 가수야. 성악가라고."

"누가 그래? 혼자서? 세상 사람들은 널 할인점에서 일하는 사람으로 알지, 누가 널 가수로 알아주냐? 대체 누가 널 성악가라고 하는데?"

마르샤의 입에서 술 냄새가 진하게 풍겼다.

"누가 알아주지 않더라도 돈 몇 푼에 내 영혼을 팔 수는 없어. 노래는 나에게 아주 소중한 거야. 동네 바자회에 나온 구멍 난 양말이 아니란 말이야."

폴이 버럭 화를 냈다.

"혼자 잘난 척하지 마. 나도 그런 돈 필요 없어. 하지만 16,000파운드의 돈이라면 아빠의 병원비에 우리 집 일 년 생활비야."

마르샤는 비틀거리며 버스 정류장으로 걸어갔다.

"마르샤!"

마르샤는 대꾸도 하지 않은 채 버스를 타고 가 버렸다.

폴은 할인점으로 들어가 설탕 상자들이 가득 쌓여 있는 창고로 갔다. 아무도 없었다. 폴은 마르샤의 마지막 말 때문에 일을 할 수 없었다. 마치 세상천지가 온통 달콤한 설탕뿐인데, 정작 설탕을 만드는 사람들은 설탕 맛을 못 본 것 같았다.

"젠장!"

폴은 마르샤에게 전화했다. 마르샤는 전화를 받지 않았다. 마르샤에게 자신이 상처를 준 건 아닌지, 살짝 걱정되었다.

퇴근 후 폴은 마르샤를 찾아갔다.

침대에 쓰러져 자고 있던 마르샤는 폴을 보고는 돌아누워 버렸다.

"왜 왔어?"

"우리가 해낼 수 있을까?"

"해내야지. 우린 1등이야. 무조건!"

"자신 있어?"

폴의 얼굴에 잔잔한 미소가 흐르고 있었다.

"당연하지."

"그럼 나가보자."

"정말? 오, 폴!"

마르샤는 이불을 박차고 일어나 폴을 얼싸안았다. 폴도 마르샤를 안으며 좋아했다.

"상금이 16,000파운드야. 설령 우리를 보고 상금을 노리는 해적이라고 해도 좋아. 우린 정말 더러운 골목을 어슬렁거리는 해적인지도 모르잖아. 한 번씩 던져주는 그런 상금을 쟁취하지 않으면 우린 살아가기 힘들어. 안 그래?"

생각은 다를 수 있었다.

하지만 마르샤의 말은 폴의 생각과 크게 다르지는 않았다. 텔레비전에 잠깐 나가서 노래를 부르는데 그만한 상금을 준다는 건, 자신들을 코미디언이나 잘 길들여 놓은 개처럼 보여서 시청률을 올리겠다는 방송국 의도였다. 이 의도를 잘 아는 두 사람은 텔레비전에 한 번 나가서 영혼을 판다고 해도 16,000파운드는 결코 적은 돈이 아니라는데 생각을 맞췄다.

"이젠 어떻게 하지?"

폴이 말했다.

"연습해야지."

"어디서?"

"그러게……."

마르샤의 집은 비좁았다. 옥상에서 노래를 부르면 경찰이 달려올 것이었고, 단 며칠이라도 연습실을 구하려면 적잖은 돈이 필요했다.

"할인점에 설탕 창고가 있는데, 거기가 어때?"

폴이 말했다.

"굿!"

마르샤와 폴은 퇴근 후 설탕 창고에서 노래 연습을 했다. 상금을 노린 해적들같이 두 사람은 설탕 상자로 성을 쌓아 그 안에서 노래를 불렀다. 폴이 노래를 이끌어 가면, 마르샤가 화음을 넣었다.

"누구 노래야?"

잠시 쉬는 시간에 마르샤가 오디오를 켰다.

"파바로티."

"……."

오래전에 폴이 내다 버린 파바로티 음반이었다.

"옛날, 교회에서 말이야. 그, 런던에서 왔던 장필사르라는 사람. 기억나?"

"응."

"그 사람이 네 노래가 파바로티랑 닮았다고 해서 너 그다음부터 노래 안 불렀지?"

"어떻게 알았니?"

"그 뒤로 합창단에서 독창을 안 했다는 소문 들었어. 학교 언덕에서 네 노래도 못 들었고. 그때, 줄리앤이 얼마나 걱정했는지, 너 모르지?"

"무슨 걱정?"

"걱정이 뭐겠니? 네가 노래를 안 부르니까 그렇지. 우리가 볼 때 그 선생님이 말했던 건 전국에 너만큼 부르는 사람들은 많지만, 파바로티와 쏙 빼닮은 건 너밖에 없었다, 뭐 그런 이야기였거든. 어떻게 받아들이느냐에 따라 다르잖아. 우리가 볼 때 네가 오해를 한 것 같았거든."

"정말 내가 오해를 했을까?"

"그날 교회에 모인 사람들 봤지? 학예회에 독창을 듣고 기립 박수 치던 사람들 생각나지? 그 사람들이 본 건 파바로티가 아니라 폴 포츠, 바로 너라고. 우린 네가 부르는 노래를 들었는데, 런던에서 왔다는 사람은 파바로티 노래를 자주 듣다 보니 모든 노래를 파바로티 노래로 오해를 했던 거야."

"정말?"

"당연하지."

"너 괜히 나에게 자신감을 심어주기 위해 쓸데없는 말 하는 거 아냐?"

"아냐. 줄리앤과 나는 그렇게 생각했는걸."

"왜 진작 이야기하지 않았니?"

"네가 너무 큰 실망을 해서, 그때는 무슨 이야기를 해도 네가 듣지 않을 것 같았거든."

"줄리앤도 그렇게 생각한 거 맞아?"

"줄리앤이 왜 여길 오지 않는지 알아?"

"……."

"줄리앤은 네가 항상 꿈을 좇아 달리는 모습이 좋아서 친구가 되기로 했대. 교복을 입건, 못생기든, 키가 작건, 뚱뚱하건, 꿈을 좇아 갈매기들에게 빵을 던지며 노래 부르는 모습이 좋았다는 거지. 그런데, 교통사고가 난 뒤, 꼭 패잔병 같은 널 보고 있는 게 자기로서는 고통이었대. 줄리앤이 네게 해 줄 수 있는 게 없어서 더 힘들었던 거지."

"그 말, 진짜야?"

"응. 네가 다시 노래를 부르면 꼭 다시 오기로 했어."

마르샤의 말을 들은 폴은 스프링처럼 튕겨 오르더니 창고 밖으로 뛰어갔다. 왜 진작 이런 말을 안 해줬는지, 속으로 줄리앤을 야단치며 빵집으로 달려갔다.

"빵 주세요."

폴은 빵을 사 들고 또 뛰었다. 뱃고동 소리가 들리는 항구까지 폴은 단번에 뛰어가서 방파제 앞에 섰다. 그리고 빵을 찢어 던졌다. 바다에서 갈매기들이 하나둘씩 모여들었다. 폴은 손에 빵을 들고 「공주는 잠 못 이루고」를 불렀다. 갈매기들이 폴을 삼킬 듯 에워쌌다.

"줄리앤, 미안해!"

그날부터 폴은 그동안 미뤄뒀던 노래 연습을 한꺼번에 해 치우려는 듯 밤에 잠을 아껴가며 연습을 했다. 밤에는 항구 로, 주말이면 교회에서 학교로 갔다. 빈 교실을 골라 거기서 노래를 불렀다. 엉덩이가 꽉 끼는 작은 의자에 앉아 악보를 보며 번번이 실수하는 대목을 짚어나갔고, 목소리를 높여서 불러야 하는 노래는 학교 옥상에 올라가서 노래를 불렀다. 처 음에는 상금을 탐냈지만, 점점 상금 따위에는 관심이 없어졌 다. 잃어버렸던 자신감을 회복하고 줄리앤에게 자신의 노래 를 들려주고 싶었다.

파바로티를 만나다

절대 포기해서는 안 됩니다.
인생에 어떤 일이 생길지 모르죠.
한 번 실패하더라도 다른 것으로 성공할 수 있습니다.

ITV 프로그램 '마이 카인드 오브 뮤직'의 노래 경연이 있던 날이었다. 마르샤가 친구의 차를 빌려 폴을 데리러 갔다. 폴은 파바로티 분장을 하지 않았다. 낡은 양복에 청바지를 입고 있었다.

"도전은 아름다운 것이야."

"당연하지."

방송국에 도착했을 때, 많은 출연자가 커피 자판기 앞에 서 있었다.

"우린 몇 번이지?"

"5번."

대기실에 문을 열고 들어서자 많은 사람이 노래 연습을 하고 있었다. 한눈에 봐도 그들은 쟁쟁한 사람들이었다. 만만하게 보고 우승 상금으로 쓸 곳을 메모까지 해놓은 마르샤 입장에서는 기운이 빠지는 일이었다. 주눅이 든 마르샤는 자꾸 폴의 눈치를 살폈다. 나가기 싫다던 폴을 억지로 나오게 해서 미안한 생각도 들었다.

하지만 폴은 아무렇지도 않았다. 어떤 출연자가 가죽 재킷에 카우보이 구두를 신고 대기실을 왔다 갔다 해도 폴은 긴장되거나 두렵지 않았다. 누가 승리하느냐는 관객들의 몫이고, 관객들에게 감동을 안겨 준다면 어렵지만도 않다고 생각했다.

"미국 개척시대 같군."

마르샤가 대기실에 사람들을 보고 말했다.

"여긴 권투 시합을 하는 곳이 아니라 노래 경연 대회장이니 걱정 안 해도 돼."

마르샤는 연신 고개를 절레절레 흔들었다.

"5번, 폴 포츠 팀 나오세요."

마침내 폴의 차례였다.

폴을 소개하는 사람이 음악의 신동이 나타났다고 했다. 폴은 그런 말에 귀를 기울이지 않았다. 대학까지 졸업한 자신을 신동이라니, 듣기에 거북했다.

노래는 「공주는 잠 못 이루고」였다.

대기실에 있을 때보다 무대 위에서 노래를 부르자 한결 마음이 편안했다. 작은 강줄기가 숲을 헤치고 뻗어가서 또 다른 강줄기를 만나 인사를 하고, 다시 숲속으로 스며들어 또 다른 강줄기를 만나 잠시 쉬어가고, 마침내 큰 강물이 되어 굽이치며 흘렀다. 그리고 바다에 이르러 물이 물과 만나고 물고기가 물고기와 만나 수평선을 이뤘다. 폴의 노래는 그 수평선을 향해 사람들을 배에 태워 같이 흘러갔다. 넘실넘실, 흐르고 흘러 살진 땅을 만나 새로운 삶을 개척하도록 했다. 잠시나마 사람들을 평화롭게 했고, 아주 잠깐이지만 행복에 젖어 들게 했고, 모든 시름을 잊게 해줬다.

"수고하셨습니다."

노래를 마친 폴은 마르샤와 함께 대기실에서 음료수를 마시면서 모니터로 텔레비전을 봤다. 금방 자신들이 부른 노래에 대한 흥분이 채 가시지 않았다. 관객들이 아직도 일어서서 손뼉을 치고 있었다.

"이러다가 정말 우승하는 거 아냐?"

마르샤가 말했다.

"우리가 우승한다고 네가 큰소리 빵빵 쳤잖아."

"그랬지. 그런데 여기에 오니까 완전히 긴장됐거든. 아까 봤어? 카우보이 신발 신고 왔던 친구? 멋있더라."

마르샤와 폴이 대기실에서 음료수를 마시는 사이에 한 팀씩 노래를 부르고 들어왔다. 그들 역시 환호하며 마치 상금을 거머쥔 것처럼 우쭐거렸다.

시상식이 시작된다는 말이 들려왔다.

그리고, 벼락같이 폴의 이름이 들렸다.

"우승은, 폴 포츠 팀!"

폴이 마르샤와 노래를 불러서 1등을 했다. 우승 상금으로 16,000파운드를 받았다. 단 한 번도 만져 보지 못한 큰돈이었다.

폴과 마르샤는 가까운 은행으로 가서 상금을 반으로 나눴다. 각자 8,000파운드씩 갖기로 했다.

"세상에……."

통장에 들어 있는 돈을 보고 폴이 탄성을 내질렀다.

"이게 꿈은 아니지?"

마르샤도 뒤로 쓰러질 듯 기분이 좋았다.

두 사람은 차를 타고 항구로 갔다. 거기서 폭죽을 터뜨리며 샴페인을 마셨다. 폴과 마르샤는 이렇게 큰돈을 쥐어본 적이 없었기에 그 기쁨을 어떻게 해야 할지 몰랐다.

"넌 그 돈 어디에 쓸 거니?"

마르샤가 폴에게 물었다.

"글쎄……."

"내 말이 다 맞는 말은 아니지만, 폴!"

"뭐?"

"너 노래 끝내줘. 내가 보기에는 파바로티보다 백배 더 잘해. 넌 무시하지만, 내가 아는 내 친구 폴은 세계 최고의 성악가야."

"우승했다고 너무 비행기 태우지 마."

"괜히 하는 말 아냐. 폴, 그 돈으로……, 성악을 본격적으

로 배워보는 건 어때? 돈이 모자라면 내 돈이라도 줄게."

"네 돈은 병원비에 써야지."

"그렇긴 하지. 그래도 이게 다 네 덕인데, 네가 공부한다는데 내가 가만히 있겠니?"

"됐어. 돈이 필요하면 내가 벌면 되지."

"하여튼 공부는 할 거야?"

"생각해 보고."

"넌 내가 본 몇 안 되는 재주꾼이야. 이걸 여기서 썩히면 틀림없이 후회할 거야. 명심해."

"……."

방파제에서 마르샤와 헤어진 폴은 집까지 걸었다. 마르샤의 말대로 8,000파운드로 오페라 공부를 할 것인지, 아니면 노래를 부를 수 있는 곳에 취직할 것인지 이런저런 생각이 많았다.

며칠 동안 고민은 계속 되었다. 폴에게 이러한 고민은 꽤 심각한 것이었다. 십 년 넘게 돈이 없어서 치료도 제대로 받지 못했던 폴에게 8,000파운드는 적은 돈이 아니었다. 그동안 간절히 원했지만 할 수 없었던 것을 하고 싶은 열망이 폴을 잠 못 들게 했다.

하지만 폴은 오페라를 할 수 있는 곳을 찾아다녔다. 폴이 생각하는 자신의 미래는 늘 불안했다. 미래에 교통사고가 날지, 미래에 타고 있던 비행기가 추락할지 모르는 일이었다. 그래서 미래를 위해 저축을 해야겠다고 결론을 내렸다.

"노래 부를 사람은 필요하지만, 당신은 어울리지 않습니다. 죄송합니다."

오페라 극단에 찾아간 폴은 면접도 보기 전에 자신의 얼굴을 대충 훑어본 극장장의 거절을 들어야 했다.

"전문적인 교육을 받지 않았군요. 시간은 충분하니 조금 더 배우고 오셔야 할 것 같습니다. 죄송합니다."

이번엔 면접까지는 봤지만, 보기 좋게 거절당했다.

폴은 확실한 미래를 위해 투자할 곳을 정했다. 남들은 은행이나 주식에 돈을 집어넣지만, 폴은 처음으로 자신에게 투자하기로 결심했다. 수년간 일해 모은 돈과 상금 8,000파운드를 들고 이탈리아 오페라 스쿨에서 수업을 듣기로 한 것이었다.

☆

2001년이었다.

폴은 오페라 레슨으로 유명한 이탈리아 북부 지방의 오페라 스쿨에서 계절 학기를 듣기로 하고 이탈리아행 비행기에 올랐다.

비행기에서 내려다본 이탈리아는 감동의 도시였다. 폴이 세상에서 배운 그 어떤 언어로도 표현할 수 없는 매력이 꿈틀거리는 곳이었다. 꿈의 도시 밀라노! 오페라의 도시 나폴리!

폴은 오페라 학교가 정해준 기숙사에 짐을 풀어놓자마자 거리로 나갔다.

1877년 건립된 밀라노 스칼라 오페라 극장이 눈에 들어왔다. 사람들이 분수대 앞에서 사진을 찍고 있었다. 그 옆에 어느 노신사가 노래를 부르고 있었다. 그 노래는 폴도 잘 아는 곡이었다. 이탈리아 작곡가 도니체티의 오페라 「사랑의 묘약」 중 제2막 「남몰래 흘리는 눈물」이라는 유명한 아리아였다. 거리에서 돈을 구걸하는 무명가수의 노래치고는 대단히 잘 불렀다. 영국에서 이탈리아로 날아온 폴이 기가 죽을 수밖에 없었다.

이탈리아로 온 다음 날부터 폴은 오페라의 역사를 공부했다.

오페라의 시작은 이탈리아 피렌체 바르디 백작 집에 모인 귀족들이 고전 그리스 시에 음악을 붙여 노래로 부르면서부터였다. 여기서 만들어진 것이 「다프네」로, 오페라의 기원이었다. 현재 악보로 남아 있는 최고의 오페라는 1600년에 공연된 「에우리디체」였다. 이때부터 오페라는 사람들의 관심사가 되었고, 점점 이탈리아 전역으로 퍼져 나갔다. 18세기에 접어들면서 베네치아와 함께 나폴리가 오페라의 도시로 떠올랐다. 특히 나폴리에서는 선율이 아름다운 화려한 곡을 만들기 시작했다. 이때부터 유명한 오페라 작곡가들이 나오는데, 로시니, 도니체티, 벨리니, 베르디, 레온카발로, 마스카니, 푸치니 등 이었다.

폴은 정신없이 이곳저곳을 뛰어다녔다. 힘들어야 할 일이 전혀 힘들지 않았다. 어렵게만 생각되던 이탈리아어를 정확히 배웠고, 항상 지적받던 노래 창법을 기본부터 충실히 배울 수 있었다. 누구 한 사람 가르쳐 주지 않던 것들을 마침내 이탈리아에서 배우게 된 것이었다.

그러던 중 특별한 기회가 찾아왔다. 파바로티를 만나게 된 것이다. 오페라 스쿨에서 거장과의 만남을 주선한 자리에서 폴은 파바로티를 만났다.

폴은 연애하는 것처럼 가슴 뛰었다.

검은 망토에 하얀 셔츠를 입은 파바로티가 강의실로 들어왔다. 같이 공부하는 학생들이 박수로 환호했다. 파바로티는 테이블 한가운데에 앉았다. 그리고 한 명씩 파바로티에게 자신을 소개했다.

"영국에서 온 폴 포츠입니다."

인사를 하자, 파바로티가 폴을 빤히 쳐다보았다.

"자네가 폴 포츠인가?"

"네."

"노래를 잘 부른다고 하던데, 한번 불러보게나."

꿈만 같은 일이 벌어졌다. 그동안 그렇게 만나보고 싶었던 파바로티가 지금 자기 앞에서 자신의 노래를 듣고 싶어 했다.

폴은 최선을 다해 노래를 불렀다. 약간 떨리기는 했지만, 그동안 쌓인 노래 실력이 있기에 크게 긴장하지는 않았다.

"자네, 한 곡 더 할 수 있겠나?"

뜻밖의 말에 모두 눈이 휘둥그레졌다. 다들 파바로티가 노래를 청하면 한 곡씩만 불렀는데 폴만 예외였다.

"감사합니다."

폴은 다시 한 곡을 불렀다.

처음보다 긴장되었다. 파바로티의 특별한 시선이 따갑기도 했고, 부담이 되기도 했다. 그리고 노래가 끝난 뒤에도 과연 무슨 이야기를 할지 걱정 반 기대 반으로 노래를 마쳤다.

"브라보!"

파바로티가 박수를 보냈다.

"고맙습니다."

"자넨, 참 특이한 목소리를 가지고 있네. 아주 훌륭한 성악가가 될 거야."

이보다 더 나은 찬사는 없었다. 칭찬에 인색하기로 소문이 난 파바로티에게 이 정도의 칭찬은 신문에 날 만큼 대단했다. 즉, 파바로티가 폴의 노래를 인정한다는 것이었다.

파바로티에게 칭찬을 받은 날부터 폴은 더욱 열심히 공부했다.

그러나 폴에게도 그리움이 찾아왔다.

이탈리아의 밤은 다른 나라에서 온 사람들을 외롭게 만들기에 충분했다.

폴은 간혹 피시방에 가서 모국인 영국 사람들과 채팅으로 수다를 떨었다. 거기에는 마르샤도 있었다. 마르샤는 폴에게 자주 이탈리아 생활을 묻곤 했다.

마르샤   거기도 비 와?

폴   당연하지. 영국만큼은 아니지만, 자주 와.

마르샤   여자들은 예뻐?

폴   글쎄, 눈여겨보지 않아서. —,.—

이런 이야기는 마르샤와 자주 했다.

그런데 그날따라 마르샤가 좀 이상했다.

마르샤   폴!

폴   응?

마르샤   널 만나고 싶어 하는 여자가 있는데, 소개해 줘?

폴   누군데? ^^;;

마르샤   캔디라는 여자야. ㅋㅋ.

폴   ;; 캔디?

마르샤   이탈리아에서 공부하니까 인터넷으로 친구 하라고 소개해
          주는 거야.

잠시 후, 캔디가 채팅방에 들어왔다.

캔디   방가워요~

마르샤   폴, 너도 인사 좀 해.

폴   안녕하세요. ^^

캔디   말씀 많이 들었어요. ㅋㅋ.

폴   아, ㅠㅠ;

캔디   노래를 부르신다고요?

폴   네. oo;;

캔디   이탈리아에서 부르는 노래 한번 들어 봐도 될까요?

폴   노래요? 여긴 이탈리아 피시방인데…….

마르샤   카메라 있잖아. 주인한테 물어보면 알려줄 거야.

폴   아, 그래도 여기서 어떻게 노래를 부르니?

마르샤   이 친구야. 숙녀분이 지금 노래를 듣고 싶다잖아. ㅋㅋ.

캔디   ^^

폴   잠시만 기다려 봐요.

폴이 피시방 주인에게 카메라 사용 요령을 배웠다. 그리고 구석으로 자리를 옮겼다. 카메라는 폴만 사용했다. 마르샤와 캔디는 얼굴을 보여주지 않았다.

폴   두 분의 부탁이니 들어 드릴게요. 이 노래는 옛날 제가 좋아하던 줄리앤을 위해 준비했던 노래입니다. 자, 그럼 시작할게요.

외로이 그대 뺨에 흐르는 눈물, 어둠 속에 남몰래 흐르네.

아! 나에게만 무언가 말하는 듯하네, 할 말이 아직 많이 남아 있다고…….

왜 그때 그대는 떠나지 않았나?

왜 그때 난 그렇게 슬퍼했던가?

외로이 그대 뺨에 흐르는 눈물, 떠나지 말라고 말하는 듯하네.

외로이 그대 뺨에 흐르는 눈물, 여기 나의 작별 키스로 그대에게 남

았네.

아! 나에게만 무언가 말하는 듯하네, 할 말이 아직 많이 남아 있다

고……

아! 가지 마오. 내 사랑 가지 마오. 내 사랑, 가지 마오!

떠나가지 마오, 그대 떠나가지 마오!

사랑을 주오. 살아남을 기회를, 아 나 그대에게 사랑이 꺼지지 않게 해

주기를 비오! 아!

외로운 눈물 한 방울 난 또렷하게 볼 수 있소.

나를 향한 그대의 사랑을 드러내는 것을 말이오!

폴은 괜히 눈시울이 붉어졌다.

영국에서 느낄 수 없었던 그리움이 옆구리를 지나갔다. 갑

자기 줄리앤이 보고 싶어지면서 고향으로 돌아가고 싶은 마

음이 간절했다.

마르샤   이탈리아에서 많이 배웠구나. 훨씬 좋아졌는걸. 굿이야! 굿!

캔디   ;;

폴	죄송합니다. ㅋㅋ.
마르샤	네가 그런 달콤한 노래도 다 부르고, 역시, 넌 뭐가 달라도 달라.
폴	노래 배우러 온 놈이 노래를 부르는데, 뭘 그래. 부끄럽게. ;;
마르샤	그런가? ㅋㅋ.

한참 동안 캔디는 말이 없었다.

마르샤	캔디, 폴의 노래 어땠어?
캔디	아, 눈물 나게 고마워요.
폴	눈물 나게???
마르샤	눈에 티끌이라도 들어간 게지.
폴	그런가. ^^;;
캔디	전 이만 나갈게요. 다음에 또 봐요.

캔디가 나가 버렸다.

폴은 마르샤가 좀 엉뚱하다고 생각했다. 갑자기 여자를 소개해 준다는 게 좀 당황스럽기도 했다.

144

그날 이후, 폴은 다시 음악 수업에 열중했다. 부지런히 하나라도 더 배우기 위해 여기저기 강의실을 쫓아다녔다.

그러나 음악 공부를 더 할 수 없었다.

학비가 부족했다.

하는 수 없이 폴은 웨일스로 돌아가야 했다.

비행기 안에서 폴은 지난 이탈리아에서의 수개월이 추억으로 남는 게 싫었다. 배운 것들을 노트에 꼼꼼히 적어뒀고, 그것을 밑줄을 그어가며 공부하리라 다짐을 했다.

다시 고향으로 온 폴은 의욕이 샘솟았다.

웨일스에 온 폴은 극단을 찾아다녔다. 파바로티로부터 찬사를 받았다는 소문이 돌자 이번에는 지난번처럼 오페라 극단을 구하는 건 어렵지 않았다.

폴이 부르는 오페라는 아마추어 오페라 공연이었고, 보수가 없었다. 그래도 상관없었다. 폴은 고향으로 돌아온 뒤 베뜨 오페라단에 출근했다. 무대에서 노래를 부를 수 있다는 사실만으로도 세상의 주인이 된 듯 기뻤다.

또 사고, 그리고 결혼

그녀는 항상 내 곁에서 지탱해 주는 사람이다.
우리는 대단한 팀워크를 가지고 있으며,
그녀는 세상에서 가장 아름답다.

2003년이었다.

폴을 찾아오던 사고는 2003년에도 멈추지 않았다. 갑자기 폴은 맹장염에 걸려 병원에 입원하고 말았다. 급히 수술을 받았지만, 퇴원한 지 얼마 후 신장에 악성종양이 발견되어 또다시 병원에 입원하게 되었다. 희망의 싹을 뽑아 버리는 큰 충격이었다.

"당장 수술을 해야 합니다."

의사가 근심 어린 눈으로 폴에게 말했다.

그에 비교해 폴은 자신에게 닥친 일들이 자신과 상관없는 일처럼 냉담했다.

"그렇게는 못하겠습니다. 내가 맡은 작품은 꼭 해야 합니다."

폴은 어렵게 잡은 베르디의 작품을 놓치기 싫었다. 그래서 수술 일정을 미루었다. 그리고 극단으로 달려가서 자신이 맡은 배역을 열심히 해냈다. 마침내 공연이 끝났을 때, 폴은 병원에 가서 수술했다.

사고와 불행은 여기서 끝이 아니었다.

자전거를 타고 가다 교통사고를 당해 쇄골이 부러지는 중상을 입었다. 이 년 동안 아무 일도 할 수 없었다. 특히 쇄골이 상처를 입는 바람에 성대를 다쳐 다시는 노래를 부를 수 없을지도 모른다는 말을 들었다.

경제적으로도 힘든 시기였다. 교통사고 후 일을 못 하는 바람에 빚을 지게 되었다.

2003년 여름은 폴에게 우울한 계절이었다. 되는 일이 하나도 없었다. 폴은 저녁이면 컴퓨터 앞에 앉아 캔디랑 인터넷으로 대화를 했다.

캔디	몸은 좀 좋아졌나요?
폴	ㅠㅠ.
캔디	어제도 당신을 위해 기도했어요. 곧 좋아질 겁니다. ^^
폴	고맙습니다.
캔디	…

폴과 캔디는 이탈리아에서부터 계속 채팅 친구였다. 소개를 해준 마르샤가 빠진 뒤, 폴과 캔디는 빠르게 친해졌다. 친해지면 친해질수록 폴은 캔디를 만나고 싶었다. 얼굴이 아니면 손가락이라도 한번 보고 싶었다.

폴	한번 만나면 안 될까요?
캔디	만나기는 만나야겠죠.
폴	웨일스에 오시면 근사한 곳으로 모시겠습니다.
캔디	당신이 다시 노래를 부를 수 있으면 한번 찾아갈게요.
폴	─,.─

몸이 아플 때마다 폴은 캔디를 생각했다. 다시 노래를 불

러야겠다며 악보를 든 순간에도 폴의 머릿속에는 캔디가 있었다. 과연 어떻게 생겼을까? 머리카락은 무슨 색이고, 눈동자는 어떤 색일까? 아무리 상상해 봐도 캔디의 얼굴은 떠오르지 않았다. 생각하면 생각할수록 떠오르는 여자는 줄리앤뿐이었다. 웨일스를 떠나간 뒤 단 한 번도 연락을 안 하던 줄리앤! 캔디가 폴에게 다정하게 다가올수록 줄리앤은 나쁜 여자가 되었다.

여름이 지나갈 즈음, 캔디로부터 만나자는 메일이 왔다. 폴이 병원과 오페라 극단을 오가며 치료와 노래를 동시에 하고 있을 때였다. 폴은 들뜬 마음에 캔디를 만날 날만 기다렸다.

캔디를 만나기로 한 날, 폴은 웨일스 항구 앞 커피숍에서 기다리고 있었다. 커피숍 창밖으로 보이는 나뭇잎들을 보니 가을이 멀지 않은 듯했다. 약속한 시각이 다가올수록 폴은 가슴이 울렁거렸다. 그러면서도 폴은 창문에 비치는 자신의 얼굴을 보고는 흥분한 자신을 질책했다. 자신의 얼굴이 저 모양인데 눈부시게 아름다운 여자가 자신을 좋아할 리 없다는 것이었다.

약속 시각이 삼 분 정도 남았을 때였다.

창문 밖으로 한 여자가 걸어왔다. 긴 생머리에 하얀 블라우스를 입고 있었다. 얼굴에는 야릇한 미소를 띠며, 약간 들뜬 듯 어깨를 들었다 놓았다 하고 있었다. 그리고 그녀의 손에 장미꽃 한 송이가 들려 있었다.

"캔디!"

폴은 소리쳤다.

그러다가 벌떡 의자에서 일어섰다. 그리고 창문으로 본 여자가 커피숍으로 들어서자마자 폴은 뒤로 넘어질 뻔했다. 캔디라고 생각하고 있던 여자, 장미꽃 한 송이를 들고 커피숍으로 들어선 여자는 캔디가 아니었다.

"줄리앤!"

그녀는 바로 줄리앤이었다.

"폴!"

줄리앤의 눈가에 눈물이 가득했다.

"어떻게 된 거야? 혹시 네가 캔디?"

"……."

줄리앤은 아무 말도 하지 않았다.

"세상에! 나쁜 마르샤."

"마르샤에게 내가 부탁을 한 거야."

"그래도 그렇지. 어떻게 날 감쪽같이 속일 수 있어. 이게 뭐야. 나만 괜히 나쁜 놈이 되었잖아. 아, 난 널 얼마나 미워했는데……."

"……."

"왜 한 번도 연락을 안 했어?"

감정이 복받쳐 오른 폴은 일어서서 줄리앤에게 계속 이야기했다. 폴의 이야기를 듣고 있던 줄리앤은 폴의 손을 잡았다. 그동안 런던으로 가서 대학을 졸업하고 그곳에서 취직했다는 말도 했다. 그러면서 줄리앤은 마르샤를 통해 계속 폴의 이야기를 전해 들었노라 말했다.

"얼마나 보고 싶었는데……."

폴은 볼을 타고 흐르는 자신의 눈물을 팔등으로 훔쳤다.

"나도……."

줄리앤도 눈물을 흘렸다.

그리고 이렇게 말했다.

"넌 꼭 노래를 부를 거라고 믿었어. 네가 노래를 안 부르는 걸 보고 얼마나 속이 상하던지. 나도 두 번 다시는 널 안 보려고 했지. 하지만 내가 널 사랑했나 봐. 네 소식을 듣지 않으면 잠이 안 왔어."

"아, 이런! 다 내 잘못이야."

"폴, 아냐. 넌 나에게 언제나 스타였어. 계속 노래를 한다면 언젠가 세계가 알아주는 성악가가 될 거야. 난 널 믿어."

폴은 줄리앤의 손을 잡았다.

☆

크리스마스이브에 폴은 청혼했다. 그리고 그들은 다섯 달 후에 결혼했다. 결혼식장을 매운 백여 명의 하객들에게 폴은 아내를 위해 「그대를 사랑해」라는 독일 가곡을 불렀다. 결혼식장을 찾아온 하객들은 모두 눈물을 흘렸다.

결혼한 폴 곁에는 항상 줄리앤이 있었다. 폴은 이제 외롭지 않았다. 노래는 계속 부를 수 있었고, 힘들 때마다 폴은 줄리앤과 의논을 했다.

하지만 폴에게 닥친 고난이 모두 달아난 것만은 아니었다. 결혼 후에도 가난은 계속 폴을 괴롭혔다. 오페라 극단에서 열심히 노래는 불렀지만, 보수를 받을 수 없었기에 폴은 할인점에서 일해야 했다. 그러다가 친구의 소개로 휴대전화 판매원이 되었다. 그 일은 할인점에서 일하기보다 쉬웠으나 밖으로 나가서 휴대전화를 파는 것이었다. 못생기고, 키 작고, 뚱뚱한 폴에게 휴대전화를 사는 사람들은 없었다.

모든 건 시간이 해결해 준다는 말이 있다.

오페라 극단에서 열심히 노래를 부르면 부를수록 사람들은 폴을 찾아와 휴대전화를 사 갔다. 휴대전화를 팔기 위해 노래를 부르는 것은 아니었지만, 어쨌든 결과가 그렇게 되었다. 사장에게도 칭찬을 받았다.

"폴, 너에게 가장 중요한 건 뭐야?"

휴대전화 판매원으로 일하고 집으로 들어온 폴에게 줄리앤이 물었다.

"뭐지?"

결혼한 뒤, 폴은 점점 오페라 극단에 자주 가지 않게 되었다. 대신에 휴대전화를 판매하는데 더 많은 시간을 보냈다.

"노래잖아."

"아, 그렇지. 그런데 왜 물어?"

"당신이 잊었나 싶어서."

"……."

노래를 잊을 폴이 아니었다.

다만 혼자 살 때는 못 보고 있던 자신의 가난이 결혼 후에는 너무나 명확하게 보였다. 그래서 노래보다는 돈 버는 일에 매달릴 수밖에 없었다.

그런 폴을 줄리앤은 달갑게 생각하지 않았다. 꿈을 향해 날개를 펴던 폴이 그대로 주저앉는 것 같아서 줄리앤은 마음이 아팠다.

마지막 기회

제가 우승했다는 소리를 들었을 때,
저는 '하나님, 왜 저를!'이란 생각밖에 들지 않았어요.
하지만 곰곰이 생각해 보니 하나님께서 제 남은 절반의 인생을
노래하며 보내라는 마지막 기회를 주신 것 같아요.

그런 폴에게 인생의 마지막 한 번의 기회가 찾아왔다. 인터넷 사이트에서 영국 ITV의 '브리튼스 갓 탤런트'라는 리얼리티 오디션 프로그램을 보게 되었다. 순간 폴은 자신에게 주어진 마지막 기회라는 생각이 들었다.

그러나 폴은 망설였다. 이 기회를 놓친다면 정말 폴에게 있을지 모를 마지막 기회는 영영 사라지는 것이었다.

폴은 지원할지 말지를 고민했다. 결론을 내리지 못하고 결국 동전을 던져서 결정하기로 했다. 앞면이 나오면 신청하고,

뒷면이 나오면 취소한다는 것.

앞면이 나왔다.

"당신은 꼭 해낼 거야."

폴이 물끄러미 동전을 쳐다보고 서 있자, 줄리앤이 응원했다.

"당신이 가진 걸 보여주기만 하면 돼. 그것이 세계 최고의 노래야!"

브리튼스 갓 탤런트를 위한 준비는 특별한 게 없었다. 그동안 숱하게 갈고 닦아온 폴의 실력을 유감없이 보여주면 되는 것이었다.

☆

3월 4일, 첫 오디션이 있었다.

3월이었지만 바람은 쌀쌀했다. 폴은 예선을 위해 버스를 타고 방송국으로 갔다.

부러진 앞니, 불룩하게 튀어나온 배, 허름한 양복 차림으로 무대에 선 폴 포츠를 주목하는 사람은 아무도 없었다.

우두커니 창가에 서 있는 폴을 향해 방송국에서 인터뷰를

했다. 카메라가 연신 폴의 얼굴을 찍어댔다. 폴을 인터뷰하러 온 방송국 사람은 폴을 보자 고개를 갸우뚱거렸다. 아무리 봐도 노래 부를 사람처럼 보이지 않는 모양이었다.

"당신도 노래를 부르러 나왔나요?"

"네."

폴은 자신감 넘치게 말했다.

"자신 있나요?"

"네."

"어떤 자신감이죠? 노래 실력이 좋다는 건가요?"

"당연하죠. 노래도 못 부르는데 여기 오는 사람도 있나요?"

폴은 살짝 화가 났다.

"그런 사람들 많아요. 일단 텔레비전에 나왔다는 걸 가문에 큰 영광으로 여기는 사람들이 대부분이죠. 그쪽도 약간 의심이 가고요."

방송국 사람이 가고, 폴은 다시 혼자 창문으로 밖을 내려다보고 있었다. 줄리앤이라도 같이 왔으면 좋았을걸, 하고 생각했다. 그러면서 예선에 부를 노래로 하필이면 「공주는 잠 못 이루고」를 정했는지, 새삼 되씹고 있었다.

「공주는 잠 못 이루고」는 푸치니의 오페라 「투란도트」에 나오는 유명한 아리아였다. 폴은 이 오페라에 얽힌 아름다우면서도 무서운 이야기를 떠올렸다.

오페라의 배경은 고대 중국이었다. 얼음처럼 냉혹하고 아름다운 공주 투란도트는 자신에게 구혼하러 온 왕자들에게 포고문을 내걸었다. 세 개의 수수께끼를 내고, 만약 풀지 못하면 목을 베어 죽이겠다는 내용이었다. 수수께끼를 풀지 못하고 목숨을 잃은 왕자가 많았다.

그러던 어느 날, 타타르 왕국에서 쫓겨나서 유랑생활을 하던 달탄의 왕자 칼라프가 투란도트 공주에게 반하게 되었다. 왕자 칼라프는 자신을 사랑하는 시녀 류와 아버지의 만류를 뿌리치고 투란도트 공주에게 구혼하러 갔다. 왕자 칼라프는 자신의 신분을 감춘 채 투란도트 공주의 수수께끼를 풀겠다고 말했다.

공주가 물었다.

"첫 번째 수수께끼입니다. 그것은 어두운 밤을 가르며 무지갯빛으로 날아다니는 환상. 모두가 갈망하는 환상. 그것은 밤마다 새롭게 태어나고 아침이 되면 죽습니다."

"그것은 희망입니다."

칼라프 왕자는 당당하게 말했다.

"맞습니다. 그럼, 두 번째 수수께끼입니다. 불꽃을 닮았으나 불꽃은 아니며, 생명을 잃으면 차가워지고, 정복을 꿈꾸면 타오르고, 그 색은 석양처럼 빨갛습니다."

"그것은 피입니다."

두 번째 수수께끼까지 맞추자 공주는 놀랐다.

"좋습니다. 세 번째 수수께끼입니다. 그대에게 불을 주며 그 불을 얼게 하는 얼음입니다. 이것이 그대에게 자유를 허락하면 이것은 그대를 노예로 만들고, 이것이 그대를 노예로 인정하면 그대는 왕이 됩니다."

"그것은 바로 당신, 투란도트입니다."

칼라프 왕자는 망설임 없이 말했다.

세 문제를 다 풀었지만, 투란도트 공주는 결혼하지 않았다. 그러자 칼라프 왕자는 자기의 이름을 알아맞히면 생명을 내놓겠다고 제의했다. 투란도트 공주는 군대를 풀어서 이 사람의 이름을 알려고 노력했다. 그때, 하녀 류가 잡혀왔다. 류는 심한 고문에도 입을 열지 않았다. 자신이 사랑하는 칼라프 왕자를 위해 단검으로 목숨을 끊었다. 이런 가운데 칼라프 왕자는 투란도트 공주에게 열정적으로 사랑을 호소했다. 이에 공주의 차가운 마음이 녹아 눈물을 흘렸다.

날이 밝아 왕자는 공주에게 자신이 타타르의 왕자 칼라프라고 밝혔다. 황제가 나타나자 공주는 그가 자신의 사랑이라고 선언하고 결혼에 기꺼이 응했다.

"폴 포츠, 당신 차례입니다."

폴은 무대로 걸어가면서 「공주는 잠 못 이루고」를 되새겼다. 자신이 노래를 포기하자 런던으로 떠나버린 아내, 줄리앤. 줄리앤을 위해 아리아를 부르리라 폴은 다짐했다.

무대 위에 서자 카메라가 분주하게 폴을 화면에 담았다.

앞니가 부러진 폴.

배가 불룩하게 튀어나와서 낡은 양복이 더욱 형편없이 보이는 폴.

허름한 구두에 구부정한 허리의 폴.

예선 심사를 보던 사람들은 폴을 보지 않은 채 노트에 뭔가를 바삐 적고 있었다. 그들뿐만 아니었다. 카메라 주위에

서 예선을 위해 움직이던 스태프들도 폴 포츠를 주목하지 않았다. 폴 다음에 노래 부를 사람들을 무대 앞에 대기시키고, 폴이 부를 노래 음반을 켜고, 볼륨을 조절하기에 바쁠 뿐이었다.

음악이 흘렀다.

폴이 입을 열었다.

입속에서 노래가 흘러나왔다.

파바로티를 놀라게 했던 그 노래였다.

바삐 움직이던 스태프들이 갑자기 얼어 버렸다. 동작을 멈추고 무대 위에 서 있는 한 사람을 주목했다. 심사위원들도 노트에서 눈을 떼고 무대 위에 서 있는 초라한 무명가수에게 눈길을 줬다.

노래는 투란도트 공주에게 자신의 진심을 알아달라는 칼라프 왕자의 비장함이 묻어 있었다. 아니, 자신의 노래 실력을 심사위원들이 알아줬으면 하는 폴의 진실함이 배여 있었다. 부러진 이와 낡아빠진 양복, 뚱뚱하게 나온 배, 낡은 구두. 초라한 모습으로 노래를 부르지만 다시는 자신에게 찾아온 기회를 발로 차버리지 않겠다는 의지가 실린 노래였다.

첫인상이 좋았을 리 없었던 폴. 그런 폴의 노래를 무대 아래에 있던 사람들은 눈을 감고 들었다. 세 가지의 수수께끼를 다 풀어버린 어느 먼 나라 왕자의 절규가 그들의 가슴을 두드렸다.

"당신이 최고요!"

노래가 끝나자 모두 일어나 열렬한 박수를 보냈다. 그것은 파바로티를 향한 박수도 아니었고, 투란도트 공주를 위한 박수도 아니었으며, 칼라프 왕자를 위한 박수도 아니었다. 오직 무대 위에서 노래를 부른 폴을 위한 박수였다.

☆

6월 14일 준결승이 있었다.

예선 통과 후 삼 개월 만이었다. 이미 인터넷을 통해 많은 사람이 폴의 노래 실력을 알고 있었다. 사람들은 폴이 무대에 서는 것만 가지고도 열광했다. 사람들은 폴이 준결승을 통과하는 건 어렵지 않지만, 6월 17일에 있는 결승전에서는 조금 힘들 수도 있다고들 말했다.

방송국에 같이 온 아내 줄리앤은 불안했다. 자칫 예선만

통과하고 준결승전에서 떨어지면 폴이 더 힘들어 할 것 같았기 때문이었다.

"행운의 여신은 당신 편이에요."

줄리앤은 눈을 감고 기도를 했다.

무대에 오른 폴은 관객석에 앉아 있는 사람들이 보였다. 예선을 통과했다는 자신감이 폴에게 용기를 준 것이었다.

폴이 부른 노래는 「타임 투 세이 굿바이」였다.

조용했다.

조용한 무대에 폴이 노래를 흘려보냈다. 아무것도 없는 상자 안에 노랗고 빨간 노래가 가득 차서 하늘로 떠오르고 있었다. 폴의 노래가 계속되면 될수록 그 상자 안에서 새들이 날아올라 관객들의 심장을 콕콕 쪼았다. 관객석에 앉아 있던 사람들은 저마다 가슴이 따끔거렸다. 감동은 그저 짜릿한 쾌감이 아니었다. 폴의 노래에는 새가 단단한 부리로 가슴을 후벼 파는 것 같은 통증이 있었다. 날개는 있지만 날지 못하는 거위가 날아 보기 위해 절벽에서 힘찬 날갯짓을 하며 외쳐대는 울음과도 비슷한, 그런 쓰린 통증을 사람들은 느끼고 있었다. 그 통증은 북해 얼음 같기도 했고, 뜨거운 용암 같기도 했다.

사람들은 하나둘씩 자리에서 일어나 폴을 향해 찬사를 보냈다. 누구도 흉내 낼 수 없는 폴만의 노래에 아낌없는 격려를 쏟아낸 것이었다.

노래를 끝낸 폴은 우레와도 같은 박수에 그저 얼떨떨할 뿐이었다.

방송국에서 집으로 돌아온 폴은 이틀을 꼬박 잠을 자며 보냈다. 흠씬 두들겨 맞은 것처럼 온몸이 쑤셨다.

☆

그리고 6월 17일.

"다음 참가자는 남부 웨일스에서부터 먼 길을 건너온 휴대 전화 판매원 폴입니다."

폴이 무대 한복판으로 걸어왔다.

그가 조그만 목소리로 오페라를 부르겠다고 말하자 심사 위원들은 팔짱을 낀 채 심드렁하게 그를 바라봤다.

마이크 앞에 선 폴은 관객석을 쭉 훑어본 뒤, 어눌하게 입을 열었다.

폴   저의 꿈이자 제 남은 삶을 걸만한 것이고, 이것을 이루기
     위해 태어난 것 같아요.

어맨다 폴, 오늘 무엇을 준비해 오셨죠?

폴   오페라를 부르려고요.

어맨다 오페라를 부른다고요?

폴   전 언제나 노래를 직업으로 부르고 싶었어요. 하지만 언제
     나 자신감이 문제였죠. 저 자신에 대해 완전하게 믿음을 가
     지는 것이 어려웠어요.

사이먼 좋아요, 준비되면 시작하세요.

조명이 어두워졌다.

폴은 잠시 눈을 감았다. 순간, 지난 시간이 빠르게 흘러갔
다. 첼시의 아빠가 식당으로 찾아와 자신을 노려보던 것과 항
구에서 갈매기들에게 빵조각을 던져주며 노래를 부르던 일,
침대에 누워 지나가는 구름을 구경하던 일, 건축 자재에 부딪
혀 병원에 실려 가면서 엠뷸런스 소리에도 노래를 흥얼거리
던 것, 교회로 초빙되어 온 장필사르 선생님이 자신의 노래가
파바로티와 닮았다고 했던 것, 이탈리아에서 수업 중 파바로

티가 예정에도 없이 한 곡 더 불러보라고 했던 것, 인터넷 채팅으로 다시 줄리앤을 만났던 일, 버스 운전을 하는 아빠와 할인점에서 일하는 엄마의 피곤한 얼굴을 보고 운명이라는 것이 어떤 건지 지켜봤던 일, 그리고 오늘!

흐르는 반주에 폴은 노래를 실었다. 「투란도트」 중 「공주는 잠 못 이루고」였다. 예선전에 불렀던 노래를 다시 부르면서 폴은 영혼을 노래에 담았다. 길게만 느껴지던 가난을 담고, 희망을 담고, 자신에게 두 번 다시는 오지 않을지도 모르는 기회를 담아 불렀다. 객석 뒤에서 문이 살짝 열리면서 할머니가 들어왔다. 할머니는 객석에 앉아 폴을 빤히 쳐다봤다. 그 순간 폴을 향해 따뜻한 빛이 쏟아졌다. 그 빛은 기쁨이었다. 기쁜 열기가 폴의 몸을 뜨겁게 했다. 노래가 끝나자 할머니는 슬그머니 일어나 밖으로 나갔다.

실내가 술렁거리기 시작했다.

벅찬 감정을 어찌 해야 할지 모르는 사람들도 있었다. 특히 노래의 하이라이트 부분에서 폴이 안정적인 고음을 내뿜자 관중들은 눈물을 흘리며 기립 박수를 보냈다.

사이먼 당신이 휴대전화 판매점에서 일하신다고요. 그리고 이런 노래를 부르고요. 난 당신이 이렇게 부를 수 있으리라 기대도 안 했어요. 눈을 확 뜨게 만드는 신선한 공기 같네요. 당신은 정말 기막히게 멋졌습니다.

피어스 당신은 굉장히 훌륭한 목소리를 가졌네요. 만약 계속 이런 식으로 노래한다면 이 대회 전체를 통틀어 가장 사랑받는 승자 중 한 명이 될 수 있을 거예요.

어맨다 조금만 다듬으면 다이아몬드가 될 작은 석탄 조각 하나를 우리가 지금 막 발견했네요.

사이먼 네, 이제 결정할 시간입니다. 피어스?

피어스 당연히 찬성입니다.

사이먼 어맨다?

어맨다 좋아요.

사이먼 당신이 우승했습니다. 축하합니다.

스태프 축하해요.

어맨다 믿을 수가 없어요. 보세요, 전 소름까지 돋았다니까요.

스태프 폴, 지금 진짜 신나겠어요.

폴 어, 지금, 저는 너무 놀랐어요.

뛸 듯이 기뻤다. 그동안 힘들었던 모든 것들이 한꺼번에 하늘로 치솟아 오르는 것 같았다. 그 어떤 것과도 비교할 수 없는 기쁨에 무대에 서 있는 것이 힘들었다. 폴은 눈물을 글썽거렸다. 어서 밖으로 나가고 싶었다. 줄리앤에게 이 기쁨을 다 주고 싶었다.

"고맙습니다. 고맙습니다."

폴은 인사를 하고 대기실로 향했다. 복도 끝에 아내 줄리앤과 친구 마르샤가 와 있었다.

"축하해! 난 네가 해 낼 거라고 믿었어. 넌 세계 최고의 성악가야!"

멀리서 마르샤가 폴을 보고 외쳤다.

"축하해요. 폴!"

줄리앤도 외쳤다.

너무 당황한 폴은 두 사람의 말이 들리지도 않았다.

폴은 달려온 줄리앤을 안았다. 그제야 자신이 우승했다는 게 실감이 났다. 그리고 100,000파운드의 우승 상금을 준다는 것도 알았다.

"우승 상금으로 뭘 하실 건가요?"

대기실에 모여 있던 기자들이 폴에게 물었다.

"그동안 온갖 병으로 고생하느라 빌려 썼던 빚을 갚고, 나머지는 아내와 생각해 보겠습니다."

"노래는 계속 부르실 건가요?"

"당연하죠. 노래를 위해 살았으니까요."

폴은 눈물을 흘리면서도 당당하게 말했다.

"부러진 앞니, 불룩하게 튀어나온 배, 허름한 양복 차림으로 노래를 불렀는데, 우승하실 거라고 예상하셨나요?"

"전혀요. 하지만, 이것이 저에게 주어진 마지막 기회라고 생각하고 최선을 다했습니다."

우승 상금이 폴을 기쁘게 한 건 아니었다. 폴을 한층 기분 좋게 한 것은 12월 3일, 로열 버라이어티 쇼에 참여하여 영국 여왕 앞에서 노래 부를 수 있는 기회를 얻게 되었다는 것이었다.

폴과 줄리앤, 그리고 마르샤가 방송국을 막 나가려는데, 경비원들이 앞을 가로막았다.

"못 나갑니다."

"왜요?"

마르샤가 말했다.

"저길 좀 보세요."

경비원들이 방송국 문밖을 손가락으로 가리켰다.

그곳에는 사람들이 가득 모여 있었다. 발 디딜 틈도 없었다.

저곳으로 나간다면, 아마 당신은 오늘 안에 집으로 돌아가기는 힘들 것입니다."

그동안 예선, 준결승을 거쳐 오면서 폴은 인터넷에서 자신의 동영상이 사람들로부터 인기가 좋다는 건 알고 있었다. 그런데 인산인해를 이룬 사람들을 본 순간, 폴은 자신이 붙잡은 기회가 자신을 어디까지 밀어 올려놓는지를 알 수 있었다.

"아, 세상에!"

☆

그 후, 폴은 레코드 계약을 했다. 그리고 15개국에서 앨범 판매 계약도 맺었다. 결승 오디션에서 우승한지 한 달 만에 영국에서 폴의 앨범은 삼 주 연속 정상을 차지하기도 했다.

한국에도 폴 포츠의 앨범이 판매되었다. 발매 첫날 몇몇

175

대형 레코드점에서 매진되기도 했다. 영국 BBC에서는 그의 삶에 대한 다큐멘터리를 제작하여 방송했고, 큰 영화사에서 그의 일생을 영화로 만들기도 했다.

가난한 집에서 태어난 아주 평범한 아이가 부러진 앞니와 불룩하게 튀어나온 배, 허름한 양복 차림으로 자신의 꿈을 이루어 낸 것이다. 자기 앞에 놓인 기회를 잘 붙잡았기에 가능한 일이었다.

우리가 모르는 사이에 우리는 그 꿈을 놓쳐 버리거나 내 것이 아닌 것처럼 지나치기 일쑤다. 자신의 꿈을 키우고, 힘껏 노력할 줄 알았던 폴! 폴은 평범하지만, 결코 평범하지 않았다.

제품명: 거위의 꿈, 폴 포츠
제조자명: 도서출판 리잼
제조국명: 대한민국 | 전화: 02-719-6868
주소: 서울시 마포구 월드컵북로9길 18 2층
제조일: 2017년 12월 4일 | 사용 연령: 10세 이상

* KC마크는 이 제품이 공통안전기준에 적합하였음을 의미합니다.

⚠ 주의 아이들이 책의 모서리에 다치지 않게 주의하세요.

꿈을 주는 현대인물선 2

거위의 꿈, 폴 포츠

1판 1쇄 발행 2009년 6월 5일
1판 7쇄 발행 2017년 12월 4일

글쓴이 박현성 | 그린이 이지훈
펴낸이 안성호 | 편집 이소정 | 디자인 황경실
펴낸곳 리잼 | 출판등록 2005년 8월 9일 제 313-2005-00176호
주소 03999 서울시 마포구 월드컵북로9길 18 2층
대표전화 02-719-6868 팩스 02-719-6262
홈페이지 www.rejam.co.kr 전자우편 iezzb@hanmail.net

ⓒ박현성 ⓒ이지훈

ISBN 978-89-92826-22-8

꿈을 주는 현대인물선